FICHA CATALOGRÁFICA

(Preparada na Editora)

Santos, Fernando de Souza, 1977-

S23n   *Noites Fascinantes* / Fernando de Souza Santos.

Araras, SP, IDE, 1ª edição, 2021.

208 p.

ISBN 978-65-86112-17-7

1. Romance 2. Espiritismo I. Título.

CDD -869.935

-133.9

Índices para catálogo sistemático

1. Romance: Século 21: Literatura brasileira 869.935

2. Espiritismo 133.9

FERNANDO DE SOUZA

Casos reais, emocionantes e surpreendentes,

NOITES FASCI NANTES

colhidos em diálogos com Espíritos durante

trabalhos mediúnicos.

ide

ISBN 978-65-86112-17-7

1ª edição - agosto/2021

Copyright © 2021,
Instituto de Difusão Espírita - IDE

Conselho Editorial:
Doralice Scanavini Volk
Wilson Frungilo Júnior

Produção e Coordenação:
Jairo Lorenzeti

Revisão de texto:
Mariana Frungilo Paraluppi

Capa:
Samuel Carminatti Ferrari

Diagramação:
Maria Isabel Estéfano Rissi

INSTITUTO DE DIFUSÃO ESPÍRITA - IDE
Av. Otto Barreto, 967
CEP 13602-060 - Araras/SP - Brasil
Fone (19) 3543-2400
CNPJ 44.220.101/0001-43
Inscrição Estadual 182.010.405.118

www.ideeditora.com.br
editorial@ideeditora.com.br

Todos os direitos reservados.
Nenhuma parte desta
publicação pode ser
reproduzida, armazenada
ou transmitida, total ou
parcialmente, por quaisquer
métodos ou processos, sem
autorização do detentor do
copyright.

DEDICATÓRIA

*Para Silvana, que nunca
deixou de acreditar.
E que acredita cada vez mais.*

SUMÁRIO

Alguns apontamentos sobre mediunidade,
médiuns e trabalho mediúnico... 9

1 - Os falsos enfermeiros 13

2 - O engenheiro das sombras 27

3 - A moça depressiva 43

4 - O escravo traído 62

5 - O irmão vacilante 81

6 - O homem decapitado 93

7 - Sexo malconduzido 106

8 - A mãe homicida 120

9 - O idoso decepcionado 141

10 - A mãe do morador de rua 154

11 - O jovem recalcitrante 167

12 - O desmemoriado, o reclamante e o
   gênio das trevas 184

Referências bibliográficas 203

Alguns apontamentos sobre mediunidade, médiuns e trabalho mediúnico...

A mediunidade está em nós desde que nos tornamos Espíritos, sendo-lhe parte integrante. Ela é a faculdade responsável pela nossa interação com o mundo espiritual, formado por aqueles que já não dispõem de corpo físico, aos quais denominamos *desencarnados*.

Revestida de vários tipos de mitos ao correr da história humana, chamada também de *sexto sentido*, a mediunidade foi, por Allan Kardec, destituída de seu caráter místico e colocada como colaboradora de nossa evolução, canal para aprendizados e ferramenta à prática do bem.

Presente em todos nós, somos todos médiuns.

Contudo, ainda que sejamos influenciados

por esse mundo *extrafísico*, nem todos o notamos. Assim, para fins didáticos, podemos nos dividir, enquanto médiuns, em duas categorias: *naturais* – aqueles que não percebem a influência do Invisível, e *ostensivos* – aqueles que sentem a Espiritualidade à sua volta, podendo, então, vivenciar *fenômenos mediúnicos*.

Os médiuns *naturais* trazem consigo a mediunidade inerente ao ser humano, aquela que, a princípio, não se fará notar por seu portador.

Já os médiuns *ostensivos* apresentam uma mediunidade ampliada, apta a captar, com mais vigor, o mundo espiritual à sua volta.

Detendo-se, um pouco, nos médiuns *ostensivos*, iremos encontrá-los tanto no sexo feminino quanto no masculino, em todas as classes sociais, em variados níveis intelectuais, por todo o planeta, em condições morais diversas, em todas as religiões e mesmo entre os ateus... Eles sentem os Espíritos de várias maneiras, sendo as formas mais comuns por meio da *intuição*, da *audição* e da *visão*. Quando buscam, na Doutrina Espírita, as orientações tanto para a vida prática quanto para a educação de sua mediunidade, podem integrar os grupos voltados aos trabalhos mediúnicos – isso após passarem pela preparação devida.

O trabalho mediúnico pode ser entendido como um pronto-socorro espiritual. É praticado exclusivamente no interior do Centro Espírita, em reunião privada, na qual os médiuns, conduzidos pelo seu diretor, oram pelos Espíritos em dificuldades que ali se encontram naquele momento. E dentre esse grande número de sofredores – incluindo revoltados e perseguidores –, alguns virão à comunicação, a qual se dará por intermédio dos médiuns da equipe. Basicamente, tal comunicação poderá ser *psicofônica* (o médium fala o que o Espírito diz e sente) ou *psicográfica* (o médium escreve o que o Espírito deseja expressar).

O grupo mediúnico não deverá exceder o número de quatorze integrantes e poderá contar também com médiuns *naturais* – os que nada sentem –, pois estes ficarão nas orações, colaborando com a sustentação vibratória do ambiente. Eles são recomendados.

E aí chegamos ao cenário deste livro...

As histórias escritas aqui foram recolhidas

dos trabalhos mediúnicos, dos quais, há muitos anos, ocupo a função de dirigente e esclarecedor – aquele que conversa com os Espíritos. São, como diz o subtítulo da obra, casos reais, emocionantes e surpreendentes, que muito me servem para reflexões diversas, e que, acima de tudo, convidam-nos à vivência adequada enquanto estamos *do lado de cá* da vida, para, com isso, termos o melhor retorno possível quando voltarmos para *o lado de lá* – nosso *lado* original.

Enfim, desejamos a você, querido leitor, uma boa leitura!

1

Os falsos enfermeiros

"Porque não há nada oculto, senão para ser revelado, e nada escondido senão para ser trazido à luz." Marcos 4:22

Fomos procurados no Centro Espírita por uma antiga conhecida, que nos solicitava, encarecidamente, a inclusão do nome de uma jovem nas orações e pedidos em nossas noites de trabalhos mediúnicos. Dizia estar a tal moça acometida de seriíssima depressão, que lhe tirara até a coragem para o banho diário, que só era possível por conta do esforço considerável e conjunto de sua mãe, irmãs e avó. Alimentava-se cada vez menos, comunicava-se por monossílabos e, mesmo assim, só depois de grande insistência dos familiares, e nunca deixava seu leito. Estava sendo tratada por psicanalista, adequadamente medicada e cercada por pessoas verdadeiramente interessadas em sua melhora. Mas só piorava. Comovidos com a dolorosa situação, tão comum em nossos tempos atuais, anotamos o nome e o endereço da jovem doente, afirmando que a mesma estaria em nossos pedidos já na próxima noite de serviços com Jesus.

Embora não seja nosso escopo nos aprofundarmos nas possíveis causas da depressão e em seus respectivos tratamentos – há muitas obras de vulto tratando do assunto, inclusive na própria literatura espírita –, para fim de melhor nos situarmos no caso em tela, apresentamos, a seguir, algumas rápidas, contudo interessantes, informações sobre a doença, tendo por base a obra *Triunfo Pessoal*, do Espírito Joanna de Ângelis, psicografada por Divaldo Franco[1].

As causas da depressão podem ser divididas em duas classes: aquelas que, por motivos evidentes, claros, são facilmente detectadas pelo clínico; e aquelas de difícil detecção, por não se encontrar, na vida presente, o seu *deflagrador*. Em tais casos, a psicogênese está em encarnação anterior – ou mesmo anteriores –, na qual tragédias, culpas, dramas e danos vividos ou praticados outrora, e não trabalhados adequadamente, geraram uma considerável insatisfação do ser, perante a si próprio, insatisfação essa trazida à sua atual experiência carnal e que, por conta do esquecimento natural, imposto pela nova reencarnação, não se deixa ver a causa quando observada exclusivamente pelos *olhos físicos*, embora sempre tenha estado ali, por vezes bem silenciosa, aguardando um ou outro evento conflitante para vir à tona outra vez.

Na primeira categoria, as de *causas detectáveis*, encontram-se o luto pela partida de alguém importante, remorsos, medos, revoltas e mágoas específicas, além de outras perdas, tais como demissão do emprego, relacionamento encerrado unilateralmente, prejuízo material de valor... A veneranda Joanna afirma ser natural, em se tratando de luto ou demais perdas, algum impacto aflitivo, porém, o mesmo não deve ir além de seis ou oito semanas, pois, excedido esse tempo, prolongando-se, pode se agravar e evoluir para um estado patológico. Há também as depressões que surgem vida afora tendo por raiz o período gestacional, quando, ainda no ventre da genitora, o ser experimentou a pertinaz rejeição da futura mãe, ou viveu esses meses em ambiente doméstico violento, o que acabou fazendo por disparar, lá a certa altura, as fragilidades trazidas em seu íntimo. Embora o encarnado não acesse conscientemente essas lembranças de rejeição ou violência, enquadramos essas situações junto às *detectáveis* por serem elas já aceitas e tratadas atualmente por profissionais da área[2]. E, por fim, temos os choques externos: acidentes causando traumatismos cranianos e afetando as regiões cerebrais responsáveis pela produção das substâncias mantenedoras da afetividade. Atenção: é importante lembrarmos não haver nesse caso, por parte da Criação Divina, qualquer prejuízo injusto imposto à criatura, pois, mesmo desenvolvendo um processo depressivo, causado por um agente externo, não insculpido anteriormente no Eu imortal, não se deve proclamar injustiça ou azar à ocorrência, pois, de alguma forma, ela se compatibiliza à *contabilidade espiritual* do indivíduo, cabendo nos seus processos reeducativos atuais. Tal ocorrência é *bem-vinda*, pois convida aquele a quem alcança a rever conceitos, mudar visões, *renascer*.

Já na segunda categoria, nos casos onde o porquê da depressão não é encontrado, apesar do nobre esforço dos investigadores, a resposta está no *ontem* da criatura, na jornada física antecessora à atual, conforme já visto algumas linhas acima.

Também não podemos deixar de recordar, buscando agora o Invisível, tão presente na nossa vida, que a mente enfermiça do depressivo costuma abrigar à sua volta Espíritos de mesma sintonia que a sua, doentios e infelizes, conscientes ou não de suas reais situações, além de possíveis obsessores que, prejudicados anteriormente pelo doente reencarnado, e sem disposição para perdoá-lo até o momento, acabaram por encontrá-lo na atualidade, passando então a executar a tão aguardada vingança. Há também situações em que os obsessores podem ser chamados de *indiretos*, pois assumem o processo torturante junto ao encarnado sem que este lhes deva algo diretamente, sem que mesmo o tivessem conhecido até ali. Ainda aí reforçamos: não há prejuízo injusto – uma causa maior permite essa ocorrência. E seria exatamente essa, conforme perceberíamos durante o trabalho mediúnico, a situação vivida pela jovem depressiva, protagonista deste nosso capítulo.

Contudo, antes de voltarmos em definitivo ao seu caso, devemos encerrar as informações sobre a depressão lembrando os conselhos gerais dos Espíritos benfeitores acerca do tratamento, o qual deve ser tanto físico quanto espiritual. Assistido por profissional de confiança, amparado por medicação adequada à sua situação – se necessária ao caso –, deve também buscar o apoio espiritual, recolhendo, no Evangelho de Jesus, as orientações para a nova vida que o aguarda, movimentando pensamentos de esperança, comparecendo à Casa Espírita nos dias de fluidoterapia (passes) e fazendo uso da água magnetizada. Nessa etapa, por conta de sua presença à casa religiosa, seus *hóspedes espirituais* também serão tratados, orientados adequadamente e convidados a ali permanecer.

Obviamente que cada caso tem suas particularidades, mas, de modo geral, essas orientações servem inicialmente a todos.

Voltando agora à noite dedicada aos trabalhos mediúnicos, na qual, mais uma vez, os *trabalhadores da última hora* se reuniam a serviço do Mestre, uma das médiuns da equipe afirmou estar *vendo* alguns Espíritos vestidos como enfermeiros, mas que sentia não serem eles de bom caráter, e não apenas porque suas vestes brancas estivessem sujas em alguns pontos, mas também pelas vibrações que emitiam. Após alguns instantes de concentração, a médium permitiu que um deles se comunicasse por ela, por meio da psicofonia, dando assim início ao nosso diálogo:

– Boa noite, senhoras e senhores.

– Boa noite. Como vão?

– Vamos bem, mas desgostosos.

– E qual seria a causa do desgosto?

– O fato de termos sido tirados de nosso trabalho, pelo qual ajudávamos, como enfermeiros, aquela pobre moça a se recuperar, cumprindo assim nossa função.

Tentava ali o Espírito nos enganar quanto ao real objetivo de seu grupo, o qual, ao que nos parecia, passava longe de realmente amparar alguém na sua recuperação. Todavia, fomos lhe dando corda:

– Desculpem-nos, e posso lhes garantir que nossa conversa será rápida, mas como ajudam aquela jovem? Quais os métodos?

– Bem... Vejamos... Temos lá nossos meios para isso.

– Oram pela sua recuperação? Movimentam fluidos favoráveis ao seu reestabelecimento? Manuseiam instrumentos tecnológicos, ainda não conhecidos por nós encarnados, visando a retomada de seu bem-estar? Revezam-se na emissão de pensamentos de paz e esperança dirigidos à moça, para que ela, ao absorvê-los, vá mudando positivamente seu próprio quadro mental? Pois, se for o que fazem, recebam nossos singelos cumprimentos! Feliz daquele que se dedica a diminuir a dor alheia! Daquele que, esquecendo-se de si mesmo, supera obstáculos para amparar o doente, o desesperado, o aflito! Quanta nobreza nesses corações! Quão grande é a presença de Jesus Cristo nesses Espíritos! Cremos que eles já desfrutam de uma paz relativa, ainda não conhecida pela maioria de nós, os homens, já que nossa paz será sempre proporcional àquela gerada ao nosso próximo.

Fez-se silêncio. O ambiente depurado no interior da Instituição e as orações constantes do grupo, aliadas ao nosso singelo verbo, certamente haviam perturbado um pouco o falso enfermeiro. Ele passou a respirar com alguma dificuldade, procurando as palavras que julgava ideais para o momento. Aguardamos... Até que falou, com alguma rudeza:

– Esse é o nosso trabalho! E vocês não têm o direito de interferir nele! Nós nunca viemos atrapalhar o trabalho de vocês!

– Nós não interferimos em nada, não temos esse poder, pois não passamos de minguadas ferramentas, recém-despertas de um passado de delitos e aceitas, agora, por misericórdia, junto às oficinas de trabalho do Cristo, que se utiliza de nossas débeis possibilidades de auxílio, o que muito nos honra. Ele, sim, interfere, mas não em defesa de um em detrimento de outro, isso nunca! Toda interferência do Irmão Maior, ainda que não admitida por uma das partes, é benéfica a todos.

– Bobagem! Não vimos Cristo nenhum! Vocês foram detectados, e serão punidos! Até porque, esse Cristo, se é que existe mesmo, deve ter mais o que fazer a ficar se incomodando com uma devedora desequilibrada!

– Em que ela lhe deve?

– A mim, nada. Sou só um funcionário. Cumpro uma função.

– E qual é sua função?

Mais uma vez o Espírito hesitou em responder, optando pelo silêncio. E, antes que ele dissesse alguma coisa, outra médium da equipe pediu, respeitosamente, licença para narrar o que via. Portadora de vidência mediúnica, vez ou outra nos trazia alguma informação interessante ao momento, facilitando-nos maior compreensão do caso, colaborando, assim, com as próximas decisões a serem tomadas. E realmente são informações importantes, sobretudo quando trazidas no momento oportuno, nas faixas da fraternidade e do bom senso, já que, em nossa condição particular de esclarecedores, não contamos senão com uma leve intuição, que, na maioria das vezes, acaba mesmo sendo confundida com nossos próprios pensamentos, revelando-se somente mais tarde, quando mentalmente revemos o diálogo junto ao Espírito e percebemos ter sido esse ou aquele nosso argumento adequado demais à sua necessidade.

Vale lembrar que, em relação ao médium esclarecedor – chamado por alguns de *doutrinador* ou *dialogador* –, a intuição é a ferramenta mediúnica mais indicada aos seus afazeres. Desaconselhável seja ele portador de mediunidade ostensiva, aquela que pode lhe turvar momentaneamente a consciência e então colocar em risco a conversação junto ao desencarnado[3].

Assim, após ser autorizada a narrar o que via, a companheira vidente não titubeou:

– Tem alguns trabalhadores espirituais aqui da Casa lá no quarto dessa moça, a quem o Espírito se refere. Eles estão desligando aparelhos que eram usados para perturbá-la. Alguns estão sendo desmontados. É bem interessante! E eles estão...

Foi interrompida pela revolta do Espírito comunicante:

– Intrusos! Saiam daí! Não toquem nos nossos aparelhos! Andem, obedeçam!

– Veja bem, meu irmão: achavam vocês que ficariam para sempre movimentando essa aparelhagem de um lado para outro, sem serem notados? Mesmo após ter afirmado o Cristo *não haver nada de oculto que não fosse revelado?** – questionamos.

– Esses aparelhos estão sob minha responsabilidade! Vocês pagarão caro por mexer neles!

– Pois sigo no mesmo raciocínio de instantes atrás. Tenha certeza de que você e os demais da sua "equipe", que estão aqui nesta Casa, estão sendo auxiliados pelo Alto neste instante, o qual, através dessa ação, evita comprometimentos maiores da parte de

---

*Marcos 4:22

"Porque nada há oculto que não deva ser descoberto, nada secreto que não deva ser publicado."

vocês nesse caso, diminuindo-lhes as reparações futuras a esse respeito.

O Espírito riu, entre debochado e melancólico, falando em seguida, com enfado:

– Acha que temo algum acerto futuro? Acha que, de onde estou, o retorno é logo ali? E quem lhe disse que me interesso em retornar?... Ah, você não faz ideia... As nossas pesquisas, o nosso trabalho incessante em busca do aperfeiçoamento... Você acha que está falando com algum subalterno? Alguém que só cumpre o que lhe é mandado sem nada entender sobre o que está fazendo? Um reles operário? Um pobre enfermeiro, no meu caso? Não! Sou um dos responsáveis pelas pesquisas, pela concepção e engenharia desse tipo de aparelhagem, classificada por alguns de vocês como *tecnologia astral*. Você não imagina quem são os seres para quem trabalho! Vocês são rasos, não têm senão um conhecimento muito empobrecido da realidade invisível ao derredor. E vejam que ironia: hoje, justamente hoje, quando eu trazia pessoalmente alguns desses aparelhos – o que quase nunca faço! – para distribuí-los e explicar suas atualizações aos operários, vocês aparecem! E cá estou, punido pelo acaso. Será que devo gargalhar?

– O acaso... E o que seria o acaso senão a junção de pequeninas e desvalorizadas ocorrências que vão se sobrepondo umas às outras, de modo imperceptível, até alcançarem um objetivo final, já previsto e programado pelos desígnios amoráveis do Pai? Acha ser obra do acaso que pequeninas nascentes, a considerável distância umas das outras, liberem seus filetes d´água para que os mesmos possam ir se unindo caminho afora, tornando-se cada vez mais fortes e rápidos, transformando-se em riacho mais tarde, rio caudaloso ainda mais à frente, até então chegarem ao mar, do qual passarão a fazer parte, colaborando decisivamente com a vida no planeta? Seria isso o acaso?

Silêncio... Como o Espírito não se mostrava interessado em dizer algo naquele instante, prosseguimos. E nosso discurso foi por um caminho que nem nós esperávamos. Lembram da tal da *intuição*?

– Aqueles que muito o amam, e muito o esperam para lhe dar um abraço, movimentaram os *acasos* de hoje, autorizados pela Espiritualidade Maior, para que você adentrasse esta Casa, nesta noite, a fim de melhor ouvir aqueles que desejam verdadeiramente seu bem.

– Não tenho ninguém por mim – disse, com tédio.

– Você sabe que isso não é verdade! Amamos e somos amados! Basta direcionarmos nossas lembranças para tempos longínquos, buscando nossos dias felizes da mocidade, da infância, e lá estão eles na figura do pai honesto, da avó carinhosa, da mãe adorada, do avô brincalhão, da amada companheira!

– Não tenho essas lembranças – falou rapidamente.

– Não é que não as tenha, o que tem é receio de acioná-las, é diferente.

– Isso agora não importa... – afirmou de modo hesitante.

Silenciamos. E, após intervalo curto, ele falou com algum desânimo:

– Preciso ir embora. Imagino ter ao menos esse direito, não é?

– Isso não nos cabe afirmar, pois, como lhe dissemos anteriormente, não passamos de pobres ferramentas. Mas podemos, sim, convidá-lo a permanecer um pouco mais por aqui. Não há lugar mais apropriado para suas reflexões neste momento.

– Não tenho nada para refletir.

– Sempre temos! Se o maior de todos, quando esteve entre nós, recolhia-se regularmente, por alguns instantes que fosse, para refletir junto ao Pai acerca de Seus afazeres, como não teríamos nós, em nossos desenganos e ilusões, motivos para reflexão?

Mais silêncio. Quando então preparávamos novo argumento, ele exclamou assustado:

25

– Eveline?!... Você aqui?!... Como?!...

Não tivemos mais sua atenção. Certamente, Eveline era alguém relevante em sua história, caso contrário não teria ficado tão surpreso. A comunicação se deu por encerrada, e a médium que o acolhera nos falou de sua intensa emoção ao avistar tal Espírito feminino:

– Ele não conseguiu sequer continuar ligado a mim. Desligou-se rapidamente, mas ainda pude captar seu choque emocional. Essa mulher que ele viu causou nele um enorme sobressalto!

Dali a pouco, encerraríamos a noite, sem imaginar que, passadas duas semanas, nosso *engenheiro invisível*, inicialmente confundido com um *enfermeiro*, voltaria a comunicar-se para, então, impressionar-nos com suas revelações.

Começamos falando da jovem acamada, fomos à depressão e acabamos conhecendo uma inteligência a serviço das sombras. Quantas voltas, não? Mas acredite: tudo irá se encaixar nos dois próximos capítulos.

Ah, lembram-se de que, na descrição inicial da médium, eram vários falsos enfermeiros chegando ao trabalho mediúnico? Então... Mais tarde, soubemos que todos aceitaram o convite e ficaram na Casa Espírita. Tinham muito a refletir.

2

O ENGENHEIRO DAS SOMBRAS

*"Mas ele não quis escutá-lo e, retirando-se,
mandou prendê-lo até que a dívida fosse saldada."*
Mateus 18:30

– AQUI ESTOU NOVAMENTE, APÓS TERMOS CONVER-sado há duas semanas – dizia o Espírito por intermédio da médium, sem qualquer empolgação.

Como tais situações não são incomuns – um segundo diálogo dias após o primeiro –, não sabíamos com quem tratávamos naquele momento. Prosseguimos *tateando*:

– Que bom podermos conversar novamente! Como passou desde então?

– Como talvez já saiba, fiquei aqui.

Essa permanência também é comum. Continuávamos não sabendo com quem falávamos. Então, respondemos *ok* de forma genérica, e ele prosseguiu:

– Desde o momento em que entrei neste lugar, as coisas têm mudado rapidamente. Meu mundo vem se transformando de um modo nunca imaginado. É muita coisa em um curto espaço de tempo.

– Entendo, continue...

– Fui aconselhado a contar um pouco de minha história, desde a última passagem no corpo de carne, passando pelo retorno à Espiritualidade, indo à introdução e permanência nas oficinas e laboratórios das sombras até o dia em que fui pego pelos agentes desta Casa, enquanto entregava os aparelhos aos *enfermeiros*.

Surpreendemo-nos! Era o *engenheiro*! Ele prosseguiu:

– E, é claro, falar um pouco dessas duas semanas, as mais reveladoras de toda minha existência até o momento.

Estávamos todos em silêncio, ansiosos pelo início da narrativa. Contudo, antes de iniciá-la em definitivo, ele nos alertou:

– Devo ser breve. E, obviamente, quando falar

de meus trabalhos de pesquisa e tecnologia do *lado de cá*, a linguagem será simplificada, pois pouco seria compreendido se utilizasse o vocabulário técnico, comum à minha rotina. Vocês não entenderiam. Além disso, o lado científico da coisa não cabe aqui. O objetivo é outro, conforme fui esclarecido.

Mais uma pausa de alguns instantes, e ele começou a remexer suas lembranças:

– Minha última vida se deu na França. Nasci em uma pequenina cidade, no final do século XIX. Avesso ao convívio social, melancólico desde a infância, de coração vazio, até mesmo em relação aos meus pais, deixei meu município na adolescência e fui a Paris para seguir com os estudos. Interessavam-me os cálculos e as intrigantes forças da Natureza: a eletricidade e o magnetismo. Então, ingressei na Academia de Física, onde passava grande parte do tempo nos laboratórios da época, recebendo a orientação dos mestres, calculando, buscando conhecer e interpretar fenômenos eletromagnéticos. Formado, prossegui nas pesquisas trabalhando na mesma Academia. E, embora me dedicasse integralmente ao trabalho que tanto amava, acabei me apaixonando por uma das filhas de um antigo professor, a qual volta e meia vinha lhe trazer algum lanche ou encomenda. Sempre tímido, não sei como seria caso não tivesse partido dela a nossa aproximação. Ela era o meu oposto: sorridente, expansiva, iluminada! Homem de cálculos, de explicações curtas e lógicas para tudo, sem quaisquer atrativos, eu não conseguia entender o interesse dela por mim! Em pouco tempo, estávamos noivos, planejando nosso casamento. Logo eu, que não acreditava que poderia ser feliz, que carregava um desacerto íntimo em relação à vida, era agora afortunado e esperançoso.

Mas essa felicidade passou a ser atacada, pois comecei a ser assediado por Anne-Marie, irmã caçula de minha noiva. Menina cheia de caprichos, dada a futilidades, insistia em se dizer apaixonada por mim. Cercava-me às escondidas, tentava me dominar, colocava bilhetes em meu bolso, apelava em nome de um amor verdadeiro e puro, muito superior ao que dizia sentir por mim sua irmã. Bela e sensual, insinuava-se mesmo quando estávamos entre seus demais familiares, que nada percebiam. Hoje, vejo que deveria ter colocado meu futuro sogro a par de tudo, logo no início do assédio, pedindo a ele a devida correção junto à menina. Deveria verdadeiramente ter feito isso. Mas não fiz... Porque, lá no fundo, passei a gostar daquela situação, daquele jogo passional e emocionante, sem perceber sua evolução e seus sérios riscos. O homem dos cálculos e raciocínios exatos não calculou, e tampouco raciocinou como deveria. Então, certa noite, ao entrar em casa, fui atacado por minha cunhada. Envolvido por sua paixão avassaladora, beijado de forma feroz e ininterrupta, não tive a sensatez necessária ao momento. Os instintos obscureceram a vigilância, não resisti, e acabamos juntos. Ao amanhecer, um misto de arrependimento e revolta me tomavam. Ela, julgando ter vencido a disputa com a irmã, ordenava-me o rompimento imediato do noivado. Expulsei-a de minha cama, falando do meu profundo arrependimento pelo que havia acontecido e afirmando todo o meu amor por sua irmã. Ela me agrediu, quebrou objetos, chorou, gritou e saiu esbravejando. Desesperei-me. Não sabia o que fazer. Andava de um lado para o outro no quarto até ver minha casa ser invadida por meu cunhado e mais alguns homens, que passaram a me agredir violentamente. Quando já nem mais raciocinava por força dos golpes, pude ouvir a voz de minha amada que, entre lágrimas, pedia aos homens piedade em relação a mim. Desmaiei. Acordei todo ferido, já lançado ao interior de uma cela, acusado de sedução, agressão e estupro. Febril e dorido por conta das inflamações causadas pelo espancamento, mal percebi quando, dali uns dias, fui transferido para outra prisão. Nesse novo calabouço, conheci a face mais obscura do ser humano. Nesse lugar sombrio e úmido, senti as maiores humilhações e padeci atrozes sofrimentos, tanto físicos quanto morais. Debilitado, não era sequer ouvido quando algum soldado se aproximava da cela.

Um deles, certa vez, disse que seu maior sonho era me matar com as próprias mãos, lentamente. Estávamos de volta à Idade Média por acaso? Por que não me ouviam? Eu tinha a versão correta do ocorrido! Onde estariam os meus direitos? Merecia, no mínimo, um julgamento justo! – pensava, revoltado.

Ainda não havia percebido, naquele momento, que a Idade Média, com toda a sua injustiça e violência, nunca deixara de estar presente na alma da grande maioria dos homens. E que mesmo hoje, séculos após, com todo o conhecimento e com a tecnologia disponíveis, eles recorrem a ela quando são afrontados. E os meses foram se passando, eu cada vez mais doente, sem ninguém à minha volta. Talvez, até já me dessem por morto, lá fora. E, à medida que realmente me aproximava da morte, mais me indignava. Passei, então, a nutrir cada vez mais o ódio em meu íntimo. Via os alvos maiores de minha ira na maldita cunhada – acima de tudo nela! –, no cunhado e nos guardas. Quanto à sociedade, aquela que se negara a me ouvir, a investigar meu caso com imparcialidade e a me julgar adequadamente, via-a agora como um ser organizado e asqueroso, digno de minha repulsa e fúria. Ah, se pudesse me levantar e sair dali! Perseguiria a tudo e a todos! Ah, se tivesse alguma força!

O Espírito suspirou, aguardou alguns segundos, e seguiu:

– E Eveline, minha amada? Onde estaria Eveline àquela altura? Por que não me ouvira? Acaso não se interessava mais por mim? Decerto também me julgara sumariamente, riscando-me de sua vida! – refletia, no interior da cela. – Pois se é assim, então que seja ela também contada à sociedade pertencente a esse ser medonho, por mim já odiado! Lembro-me de ainda prometer a mim mesmo, havendo realmente alguma vida depois do túmulo, que perseguiria todos os envolvidos em minha morte e que os torturaria com todas as minhas forças! – concluiu ao final.

Após pequena pausa, continuou:

– Dali à morte foi um pequeno passo. Adoecido gravemente dos pulmões, padeci deveras nos últimos dias. No dia fatal, a certa altura, senti-me caindo velozmente, como se estivesse sendo lançado do cume de gigantesca montanha. Cheguei mesmo a aceitar, por alguns instantes, essa possibilidade. Bem, poderia mesmo ter sido levado pelos guardas, sem perceber, por conta da doença, a uma montanha para, então, ser lançado dela para a morte. Mas não era isso, era eu, em Espírito, que abandonava definitivamente minha carcaça falida e descia, de forma vertiginosa, abastecido por profundo rancor e ira, aos vilarejos do submundo espiritual, locais de dor e escuridão. Chegando ao ponto final, enrijecido e anestesiado, caí em sono torturante, sem deixar, contudo, de notar seres à minha volta. Gélido, entre pesadelos e revoltas, passei a ser objeto de interesse de criaturas sombrias, que conversavam a meu respeito como se programassem meu futuro. E programavam mesmo. Assim que despertei do doloroso sono, fui levado ao chefe daquele local, quando tomei ciência tanto de minha *morte* quanto de seu interesse por meus conhecimentos. Mas não foi só isso. Sabia ele toda a minha recente história de dor e *injustiça*. Sim: *injustiça*! – era a única coisa que eu enxergava a meu próprio respeito. E ele me dizia o que eu queria ouvir: eu fora vítima da maldade terrena, que me havia obrigado a pagar o que não devia, enquanto muitos cruéis continuavam saudáveis e impunes mundo afora. Ele soube muito bem acionar minhas vaidades mal resolvidas, ampliando, em meu íntimo, o desejo de vingança, ou melhor, o desejo de *fazer justiça* em relação aos que eu considerava que mereciam e que nunca seriam punidos. E como a sociedade, como um todo, havia sido cruel e injusta comigo, ela toda, a princípio, deveria ser punida.

O então chefe daquele lugar me prometeu todo o auxílio para o alcance de meus objetivos de *justiça*, sobretudo em relação à cunhada e aos seus familiares, é claro. Bastava-me passar a fazer parte de sua equipe de pesquisadores, que já estava formada, tendo como integrantes seres vaidosos, falidos e revoltados –

como eu mesmo – que, na última encarnação, haviam se dedicado às pesquisas científicas de suas épocas, sobretudo nos campos da eletricidade e do magnetismo e, pronto, tudo estaria resolvido. Eu não estaria mais sozinho, companheiros lutariam comigo. Estaríamos todos contra a humanidade, essa megera sempre mesquinha e mentirosa. Aceitei de pronto. Qual seria a nossa batalha, ou seja, o que faria eu junto aos demais? Desenvolveríamos pesquisas e tecnologias a fim de modernizarmos os processos de obsessão junto aos encarnados. Essa era a ordem. A equipe e o laboratório me aguardavam. Deveríamos trabalhar ininterruptamente e teríamos, ao devido tempo, não só nossas vinganças pessoais alcançadas como também acesso a uma infinidade de outros prazeres. A equipe já tinha seu devido líder, assim como outros laboratórios já estavam em pleno funcionamento em outros tantos vilarejos trevosos.

Juntei-me aos demais. Fui colocado a par do que já vinha sendo pesquisado e feito, e iniciei meu trabalho. Logo percebi que não éramos bem uma equipe, mas um grupo formado por seres que não confiavam uns nos outros, pois cada qual desejava ser o primeiro a construir algo útil aos propósitos do laboratório. Vez ou outra, éramos ameaçados pelo líder do grupo, que, por sua vez, havia sido ameaçado pelo chefe daquele lugar. Muito pesquisávamos, fazíamos testes, criávamos algo que já poderia ter algum proveito, mas tudo abaixo do que gostaríamos. Com o correr do tempo, as pressões aumentaram, ameaças começaram a surgir, o temor passou a nos habitar, embora nenhum de nós admitisse isso. Eu, particularmente, estava revoltado e receoso quando ocorreu algo que mudou nossa situação: fomos enviados a outro vilarejo, ainda mais obscuro que o nosso, para passarmos por uma atualização e nos situarmos em relação às descobertas já alcançadas pelo laboratório de lá, criado há mais tempo. E eles estavam muito à frente de nós. Sem saber se isso mais nos revoltava, por ferir nossa vaidade, ou nos aliviava, por termos, a partir dali, orientações mais sólidas sobre o caminho a seguir, fomos sendo colocados a par e instruídos a respeito da nova descoberta, que já estava sendo utilizada junto aos *vivos*: a *célula fotoelétrica*. O que seria, digamos assim, um pequeno *chip* a ser instalado no períspirito da vítima, especificamente em seu cérebro perispiritual, por meio de cirurgia astral, que ocorreria nos laboratórios do vilarejo, durante as madrugadas, enquanto o corpo de carne dormia sono aflitivo a grande distância dali.

O Espírito, então, silenciou por alguns segundos, e continuou:

– Esse pequeno *chip* emitiria impulsos elétricos capazes de desarmonizar o campo emocional do encarnado, abatendo seu ânimo, fazendo com que seus pensamentos fossem cada vez mais dolentes e sombrios, até que ele não vislumbrasse outra saída senão o suicídio. Depois das apresentações gerais, passaram a nos explicar minuciosamente a confecção da *célula* e suas possíveis frequências. Esgotadas essas explicações, perguntei a respeito da implantação, se iríamos também aprendê-la, e, então, fomos informados de que a implantação, ou seja, a cirurgia, não seria por nós executada, e sim por *médicos* pertencentes ao grupo. Cada qual no seu papel. Contudo, para nossa melhor compreensão, os *médicos* ali estavam para nos dar aulas acerca do cérebro humano. Percebemos, a partir daí, a diferença desse grupo em relação ao nosso: ele era formado por *engenheiros* e *médicos*, pois um *profissional* complementava o trabalho do outro, em união obrigatória, temporária, sombria e inescrupulosa. Ao final do curso, voltamos ao nosso território, a fim de construirmos nossos próprios *chips*. E o tempo seguiu, novas frequências foram sendo testadas para fins variados, novos *materiais*... Novos *cientistas* chegaram, o laboratório foi sendo ampliado, até que um dia, conforme ordem de meu superior, visando a diversificação dos serviços, eu fui destacado para um trabalho específico. Junto com outros, que chegariam de laboratório distante, deveria criar aparatos externos, leves e móveis, que pudessem ser transportados sem dificuldades e que fossem voltados, exclusivamente, à ampliação do sofrimento daqueles que já estivessem depressivos. Aí estava nosso novo objetivo: ampliar a depressão no homem. Em pouco tempo, já tínhamos tais aparelhos. E a base seguia a mesma: descargas perturbadoras. Treinamos os operários – chamados sarcasticamente de *enfermeiros* – para que entendessem os aparelhos e garantissem seu bom funcionamento, junto à vítima. Ainda assim, seguimos pesquisando, visando sempre a evolução do processo.

O Espírito silenciou novamente, provavelmente revendo, em seu íntimo, as próximas cenas.

– E então, ao concluir uma dessas atualizações, resolvi entregar e apresentar os aparelhos pessoalmente aos *enfermeiros*. Queria garantir que compreendessem bem seu novo funcionamento. Deveria encontrá-los em seus devidos postos de serviço, ou seja, junto aos *vivos* depressivos. E, logo no primeiro posto, onde a vítima era uma jovem, enquanto colocávamos para funcionar os *aparelhos*, substituindo ali os antigos, vocês chegaram. E viemos parar aqui. Cheguei revoltado, trazido a contragosto, ferido na vaidade, pois estava detido por força magnética da qual não conseguia escapar. Tentando controlar meu ódio, recorri ao sarcasmo, fazendo-me de bom, assim que começamos nossa conversa. Mas, aos poucos, esse ódio foi se transformando em vazio, em esmorecimento, em miséria existencial. Fui me abatendo cada vez mais. E mesmo quando pedi para sair daqui, caso tivesse realmente saído, teria vagado sem rumo, pois não tinha nenhum desejo de voltar ao laboratório, de continuar na vida mantida até aquele momento, a qual, conforme assumia a mim mesmo naquele instante, já não me dava qualquer prazer, ao contrário, pesava-me. Acho que, se pudesse, teria optado pela perda da própria consciência, tamanha angústia em meu ser. E aí, no auge desse desânimo, surgiu Eveline. Alegria, vergonha, indignação, enfim, um tumulto se fez definitivamente em meu íntimo ao vê-la. Ela se aproximou sorrindo e disse: "Acalme-se, estamos juntos outra vez". Trêmulo, não resisti e desmaiei em seus braços. A partir dali, eu dormiria por muitas e muitas horas, e, ao acordar, Eveline estaria me aguardando. Grandes surpresas e emoções ainda estavam por vir.

Antes de passarmos, no próximo capítulo, ao desfecho do caso, é interessante tratarmos um pouco sobre *aparelhos tecnológicos espirituais*. Aos mais afeitos à literatura espírita, tais *aparatos* não são novidade, pois estão presentes em várias obras de nossa Doutrina. Voltados eles a alguma atividade específica, basicamente servem a interesses de *comunicação*, *investigação* ou mesmo *interferência direta* e, por terem seu funcionamento baseado em um conjunto de fenômenos naturais, essencialmente neutros, podem ser utilizados de maneira colaborativa ou danosa, obedecendo ao desejo de seu construtor, de seu operador, ou de ambos ao mesmo tempo, os quais, obviamente, tornam-se responsáveis pela criação, manipulação e resultados alcançados por tais *mecanismos*.

Em *Nos Bastidores da Obsessão*, Manoel Philomeno de Miranda observa o temido Teofrastus, Espírito chefe de uma região trevosa, implantar uma *célula fotoelétrica gravada* – um *chip* –, mediante cirurgia, no cérebro perispiritual de um obsidiado, no intuito de ampliar suas perturbações[4]. Ainda na mesma obra, o autor desencarnado tem contato com o *psicovibrômetro*: uma espécie de caixa com a finalidade de detectar, por meio de ondas vibratórias, a presença *invasora* de Espíritos Superiores àquele local sombrio[5]. Já André Luiz, em *Nos Domínios da Mediunidade*, conhece o *psicoscópio*, utensílio pequeno e muito leve, com funcionamento à base de eletricidade, magnetismo e elementos radiantes, que permite ao operador a inspeção das vibrações tanto do encarnado quanto da matéria à sua volta, favorecendo com isso o trabalho do Bem[6]. Em *Nosso Lar*, Lísias manuseia reduzido aparelho receptor, criado para recolher informações vindas de longe, por intermédio de forças vibratórias demasiadamente sutis[7]. Hermínio C. Miranda, em *Diálogo com as Sombras*, fala-nos de um Espírito obsessor que mantinha, por meio de um *mecanismo magnético* muito sofisticado, quatro encarnados sob sua constante e nefasta influência[8]. Já em *Amanhecer de uma Nova Era*, Manoel Philomeno de Miranda nos conta a respeito de *aparelhagem especial* promovendo a assepsia de uma sala mediúnica ao término dos trabalhos, diluindo os fluidos mais pesados que haviam aderido às paredes e ao teto desse cômodo[9]. E, por último, em *Memórias de um Suicida*, o protagonista descreve sua visita a uma fortificação espiritual chamada Torre de Vigia, guardada por nobres trabalhadores providos de *telescópios magnéticos* de grande potencial. Já no interior do posto, afirma ele haver uma sala farta de *aparelhamento de som e imagem*, além de um gabinete de *experimentações científicas*, onde se vê uma *placa fluido-magnética* muito sensível, com cerca de dois metros de altura, capaz de registrar toda e qualquer impressão mental de quem por ali passasse[10].

Enfim, seja no Invisível ao nosso redor, no que está *abaixo* de nós, ou *logo acima*, esses *aparatos tecnológicos* estão presentes, totalmente compatíveis com a vibração do nosso planeta. Se voltados ao bem, ajudam na comunicação, na averiguação, na tomada de decisões, no asseio e na reorganização de encarnados, desencarnados e ambientes. Usados para o mal, visam basicamente a investigação sorrateira para fins desprezíveis e a estimulação ou potencialização das aflições naqueles que lhes permitem acesso por conta de suas imperfeições morais, estejam ainda *por aqui* ou já do *lado de lá* da vida.

No bem, tais *aparatos tecnológicos* expressam a Misericórdia do Alto, alcançando a todos nós. No mal, alcançam quem lhes fornece a necessária sintonia.

Assim, que ninguém se atemorize à toa! A receita para se manter afastado de tais *aparelhos* – ou para deles se libertar – é basicamente aquela recomendada no tratamento desobsessivo: oração, vigilância e ação no bem.

Ressalta daí um ensinamento de grande importância, o de que as imperfeições morais dão ensejo aos Espíritos obsessores e que o meio mais seguro de se livrar deles é atrair os bons pela prática do bem. (...) [11] – afirmou-nos Kardec.

Desse modo, afastam-se os obsessores espirituais e, com eles, suas possíveis *ferramentas*.

3

A MOÇA DEPRESSIVA

"Ele é bom até mesmo com os ingratos e maus.
Sede, pois, cheios de misericórdia como o Pai também
o é." Lucas 6:35-36

APÓS ALGUM SILÊNCIO, NECESSÁRIO À RETOMADA de ânimo, o *engenheiro* continuou:

– Lá, a certa altura, despertei, Eveline me observava. Eu queria dizer tanta coisa... Queria perguntar, pedir desculpas, contar detalhes... Mas só chorava. As lágrimas escorriam abundantes, sem qualquer controle, silenciosas, queimando-me o rosto. Eveline permanecia em silêncio enquanto o pranto falava por mim. Foi um bom tempo daquele jeito. Quando então cessaram as lágrimas, e eu passei a sentir algum alívio, ouvi, daquela que estava aos meus pés, que agora poderíamos conversar. "Há muito tempo eu o venho observando, nunca tendo me afastado por muito tempo, sempre tentando perceber suas disposições íntimas", disse ela. "Cheguei até a arriscar um contato mental, mas você se fazia refratário, não registrando tal tentativa por causa de suas aspirações. Então, aguardei, trabalhando por nós, certa de que, ao menor sinal de receptividade de sua parte, Jesus agiria. E eu, é claro, estaria por perto." Ah, meu amigo, que surpresa tive naquele momento! Eu era sondado constantemente por minha amada, enquanto vibrava no ódio e trabalhava para aumentar os tormentos da humanidade! Que vergonha! Ela, então, tentando diminuir meu constrangimento, afirmou ser o embaraço que eu sentia a respeito do passado um bom sinal, uma mostra de arrependimento. E disse isso de um modo tão sereno, que cheguei a sentir algum conforto. Após alguns instantes em silêncio, quando nos olhávamos diretamente, eu passei a lastimar minha miséria espiritual, minha vida tenebrosa, meus desatinos incontáveis. Ao final de toda a minha lamúria, sem nenhuma afetação, ela me aconselhou a não mais lamentar o passado e a elevar os pensamentos, pois só assim alcançaria o equilíbrio necessário para os próximos passos. Em seguida, disse ter sido liberada por seus superiores para estar ao meu lado nessas primeiras semanas, a fim de me amparar e esclarecer, não dispondo de tempo para queixumes. Convidou-me a refletir sobre todos aqueles que me auxiliaram para estar aqui, seguro e bem atendido em minhas reais necessidades; a pensar sobre o tempo a mim devotado por várias criaturas, todas comprometidas com o meu despertar, ainda que eu nem as conhecesse; a rever Jesus, incansável Irmão, que havia liberado toda essa movimentação a meu favor, confiante no meu renascimento. Essas observações me tocaram. Calei-me por um tempo, aceitando o convite à reflexão, ainda que rápida, concordando com todo o exposto por minha adorada, ao final.

Então, ela me explicou acerca do futuro próximo: em alguns dias, deveria rumar à minha antiga cidade espiritual. Como disse não ter nenhuma recordação dessa cidade, fui informado de que tal esquecimento é natural aos Espíritos em nossa atual condição evolutiva, sendo ele imposto pela força da reencarnação, pela forte impressão da matéria junto ao Espírito. E tínhamos ainda, até esse dia de seguir viagem, uma pendência decisiva a resolver. Sem me responder o teor dessa pendência, convidou-me a conhecer os serviços desta Instituição e seus incansáveis trabalhadores. Ah, meus amigos! Horas emocionantes foram aquelas! É realmente impressionante o número de serviços aqui prestados aos sofredores! Mas isso vocês já devem saber. A mim foi uma experiência bem importante. Sentimentos diversos afloravam incontroláveis, ora perturbadores, ora esperançosos; ora eu ria, ora chorava... Quando deixava transparecer o arrependimento em relação ao passado, tinha o ânimo sustentado por esses novos amigos. Momentos de conflito íntimo seguidos de instantes de grande confiança. Enfim, uma tarde de alternâncias de sentimentos, vista por mim, agora, como uma tarde terapêutica. Ao final, voltei ao descanso necessário. Ainda carecia de repouso. Mas, mesmo durante o descanso, Eveline não deixava de responder às minhas indagações. Por que haviam se interessado por mim, um falido, com tanta gente de bem no mundo podendo ser abordada? *"Eu não vim chamar os justos, mas sim os pecadores"**, ela me respondeu. Por que tanto tempo para que eu fosse abordado? Por que isso não se dera antes? *"Os que morreram em Cristo ressuscitarão primeiro."*** Como sabiam que, após a abordagem, eu não retornaria à antiga vida, ainda mais revoltado? *"Porque noutro tempo* .

---

*Mateus 9:12-13

"Jesus, ouvindo isso, respondeu-lhes: "Não são os que estão bem que precisam de médico, mas sim os doentes.

Ide e aprendei o que significam estas palavras: Eu quero a misericórdia e não o sacrifício. Eu não vim chamar os justos, mas os pecadores"."

**I Tessalonicenses 4:16

"Quando for dado o sinal, à voz do arcanjo e ao som da trombeta de Deus, o mesmo Senhor descerá do céu e os que morreram em Cristo ressurgirão primeiro"

éreis *trevas, mas agora sois luz no Senhor.*"* Por que aqueles a quem eu servia também não foram alcançados? *"Colhem-se, por ventura, uvas dos espinheiros e figo dos abrolhos?"*** E se eu estava cometendo tantos abusos, prejudicando tantas pessoas, por que não fora detido antes? *"Ai do mundo por causa dos escândalos; eles são inevitáveis, mas ai do homem que os causa."**** O que seria de mim no futuro? Decerto sofreria muito? *"Tomai sobre vós o meu jugo, e aprendei de mim, que sou manso e humilde de coração, e encontrareis descanso para as vossas almas. Porque o meu jugo é suave e o meu fardo é leve."***** E Deus? Com certeza estaria muito decepcionado comigo? *"O Pai o viu de longe, então se moveu de íntima compaixão e, correndo, lançou-se ao*

---

*Efésios 5:8

"Porque noutro tempo éreis trevas, mas agora sois luz no Senhor; andai como filhos da luz."

**Mateus 7:16

"Pelos seus frutos os conhecereis. Colhem-se, porventura, uvas dos espinhos e figos dos abrolhos?"

***Mateus 18: 7

"Ai do mundo por causa dos escândalos! Eles são inevitáveis, mas ai do homem que os causa!"

****Mateus 11:24-30

"Por isso, te digo: no dia do juízo, haverá menor rigor para Sodoma do que para ti!". 25.Por aquele tempo, Jesus pronunciou estas palavras: "Eu te bendigo, Pai, Senhor do céu e da terra, porque escondeste estas coisas aos sábios e entendidos e as revelaste aos pequenos. 26.Sim, Pai, eu te bendigo, porque assim foi do teu agrado. 27.Todas as coisas me foram dadas por meu Pai; ninguém conhece o Filho, senão o Pai, e ninguém conhece o Pai, senão o Filho e aquele a quem o Filho quiser revelá-lo. 28.Vinde a mim, vós todos que estais aflitos sob o fardo, e eu vos aliviarei. 29.Tomai meu jugo sobre vós e recebei minha doutrina, porque eu sou manso e humilde de coração e achareis o repouso para as vossas almas. 30.Porque meu jugo é suave e meu peso é leve"."

seu pescoço, beijando-lhe."* Pois, de agora em diante, quero fazer o certo, quero crescer... Como devo proceder? *"Aquele que quiser ser o maior, seja o servidor; aquele que quiser ser o primeiro, seja o servo."*** Pois bem, então quero aqui, neste momento, ofertar toda minha capacidade e energia exclusivamente a Deus, servindo-O incansavelmente! *"Pois antes de apresentar tua oferta, vai te reconciliar com teu irmão."**** Reconciliar com meu irmão? Que irmão? Não tive irmãos. Ela sorriu e me respondeu: "No seu caso, é irmã." Não compreendi no momento. Docemente travessa, como outrora, ela nada mais falou, aconselhando-me o sono, pois longo dia teríamos pela frente. Obedeci. Contudo, antes de adormecer e sem saber ao certo por quais meios todas aquelas respostas veladas, dadas a mim por Eveline, expressando trechos dos Evangelhos, faziam agora total sentido. Feliz, eu admitia realmente estar cansado da vida que levava, estar vazio. Constantemente revoltado com meus chefes, desejava até desafiá-los, mesmo prevendo minha destruição por serem eles

---

*Lucas 15:20

"Levantou-se, pois, e foi ter com seu pai. Estava ainda longe, quando seu pai o viu e, movido de compaixão, correu-lhe ao encontro, o abraçou e o beijou."

**Mateus 20:26-27

"Não será assim entre vós; mas todo aquele que quiser entre vós fazer-se grande seja vosso serviçal;
E, qualquer que entre vós quiser ser o primeiro, seja vosso servo;"

***Mateus 5:24

"deixa lá a tua oferta diante do altar e vai primeiro reconciliar-te com teu irmão; só então vem fazer a tua oferta."

mais poderosos. Profundamente insatisfeito, sobretudo nos últimos tempos, cheguei até a desejar essa destruição. Em outros momentos, ventilava em meu íntimo a possibilidade de um renascimento, uma vida diferente... Mas como? Estava totalmente contaminado, preso àqueles seres e àquela vida! E isso me revoltava ainda mais! Mal sabia eu que Eveline e outros tantos amigos estavam, exatamente nesses meus momentos de desencanto, arquitetando minha salvação! Que minha frustração, decepção e desânimo eram justamente as portas pelas quais entrariam minha amada e os demais para me salvarem. Feliz ao concluir isso tudo, esgotado, mas venturoso, dormi.

O Espírito fez uma pausa natural. E, aproveitando então desse intervalo, atrevemo-nos a perguntar:

– E você encontrou alguém da família da antiga noiva, enquanto trabalhava para o laboratório? Alcançou junto deles alguma vingança?

Ele afirmou sem titubear:

– Não. Nos poucos momentos em que desfrutei de certa liberdade para rastreá-los, nunca alcancei sucesso. Nunca os encontrei. Fiz o que pude, mas nada consegui. Quando pedia aos meus superiores o auxílio para tal, ou mesmo a permissão para *subir*, a fim de procurá-los, isso me era negado. Diziam que eu deveria aguardar um pouco mais.

– Entendo. Ainda bem, não é?

– Sim, ainda bem. Encontrar algum deles, enquanto portava todo aquele ódio, seria uma tragédia ainda maior.

– Sim! Sem dúvida!

– Bem, voltando à sequência dos acontecimentos aqui vivenciados, no dia seguinte às reflexões, às quais fui chamado em decorrência das respostas de Eveline, acordei mais uma vez com ela aos pés de minha cama. "É hora de visitarmos alguém", disse-me. Uma nuvem de receio passou a me rodear imediatamente. "Acalme-se! Tudo o que virá será para o bem de todos", concluiu. Em poucos instantes, partíamos silenciosos, eu, Eveline e dois trabalhadores daqui, os quais me auxiliavam na locomoção. Rapidamente chegamos a uma casa por mim já conhecida: a casa da jovem depressiva, de onde eu havia sido capturado quinze dias atrás. Decerto, deveria pedir perdão à moça a quem havia perturbado, pensava eu. Esse pedido de perdão valeria como um pedido a todos aqueles a quem havia prejudicado com os aparelhos até ali. A jovem faria a vez de todas as outras vítimas, e isso me traria algum alívio psicológico, ao menos inicialmente. Acreditei nessa possibilidade enquanto, já muito ansioso, adentrávamos aquele lar. Mal sabia eu que o objetivo real daquela visita era muito mais profundo e delicado.

50

A casa estava silenciosa e agradável. Um Espírito nos recebeu à porta do quarto. Era da família. Entramos todos. A jovem dormia e estava melhor. Não havia mais nada perturbando o ambiente, nenhum resquício de negatividade. Fiquei feliz. "Vamos nos aproximar", convidou-me Eveline. Obedeci e chegamos à cabeceira da cama. "Agora, observe-a atentamente." Sem entender o motivo, passei a encarar aquela moça. "Observe-a com calma e profundidade; veja sua alma." Obedeci mais uma vez... E a surpresa que tive não pode ser descrita com palavras. Por um instante, achei que enlouqueceria: por baixo da nova aparência de carne, escondia-se minha ex-cunhada! A jovem depressiva era minha ex-cunhada reencarnada! Era Anne-Marie em novo corpo, ali, dormindo em minha frente! Caí de joelhos, com as mãos à cabeça, tomado por sentimentos confusos. Ódio, decepção e pânico se revezaram em meu íntimo em fração de segundo! Eveline me ergueu, envolvendo-me em seus braços e em suas vibrações. "Seja forte! Agradeçamos a Jesus por esse instante!", disse-me com firmeza. "Glorioso é o momento em que antigos adversários podem iniciar o processo de reconciliação sob as bênçãos do Pai!" Ainda desajustado, em silêncio, eu recordava, amargurado, aquele longínquo e fatídico dia, em que tive a vida destruída por aquela que agora dormia à minha frente. Como se lesse meus pensamentos, Eveline foi incisiva: "Acaso acha que as Divinas Leis permitiriam injustiças correndo soltas no mundo a punir os azarados que, mesmo sem nenhum débito, cruzassem seus caminhos? Crê realmente na sua posição de incorrupto nesse caso? Não se recorda da própria invigilância, quando alimentou, movido por luxúria, as investidas dessa irmã, à época insensata e atrevida? Deseja mesmo atribuir a outrem as suas dores quando o próprio Cristo afirmou que *a cada um será dado segundo suas próprias obras?"** Comecei a chorar, aceitando todos aqueles argumentos, ainda um pouco contrariado por causa da vaidade, mas admitindo: minha aventura amorosa irresponsável havia sido o gatilho de minha desgraça. Mas o que caberia a Anne-Marie em tudo isso? Ela também não teria alguma responsabilidade no caso? Mais uma vez, Eveline, registrando-me os pensamentos amargurados, não se fez esperar: "Tem sim. E ela tem sofrido muito desde aquele dia funesto no qual encenou o abuso, assumindo a postura enganosa de falsa vítima. Seu inferno particular se iniciou assim que você foi preso, ampliando-se sobremaneira após a notícia de sua morte. Sem nenhuma coragem para assumir seu real papel na trama, trancando em si toda a verdade, com o passar do tempo adoeceu gravemente dos nervos, indo parar no fundo do leito,

---

*Mateus 16:27

"Porque o Filho do Homem há de vir na glória de seu Pai com seus anjos, e então recompensará a cada um segundo suas obras."

alcançando com isso grande compaixão da parte de todos por considerarem-na alvo de gigantesca maldade. Tamanha foi a comoção popular à medida que adoecia, que chegaram alguns, por pouco tempo que fosse, a proclamá-la santa. Quem dera! Mal sabiam de seus remorsos infernais. Tampouco souberam que, por conta das matrizes de autopunição instaladas em seu íntimo, fez-se presa fácil à tuberculose, desencarnando depois de um tempo, irreconhecível e desesperada, adentrando a Terra dos Mortos como mendiga, farrapo espiritual, aguardada por outras tantas mentes desajustadas. Arrastada para os umbrais, padeceu enlouquecida por duas décadas, vítima de si mesma. Depois de resgatada, passou ainda muitos anos internada em bendita casa hospitalar, erguida por Espíritos nobres. Melhorou o que lhe era possível na Espiritualidade, preparou-se o que pôde, sendo encaminhada, após, a essa nova encarnação, na qual, conforme previsto ainda no Invisível, foi acompanhada, durante toda a infância, por sérias debilidades pulmonares que atrapalharam seu desenvolvimento. Criança abatida e melancólica, na adolescência passou a sofrer os ataques do remorso inconsciente, que vinham à tona, de tempos em tempos, nas formas de tristeza *injustificável*, aflição *sem motivo* e desinteresse pela vida. Pouco tempo após alcançar a maioridade, a situação se agravou e a depressão se instalou em definitivo.

Tombada à cama e sujeita a ataques exteriores, recebeu sua visita a certa altura, conforme já previam as Leis Soberanas, para então, sob as bênçãos do Pai, iniciarem-se os processos de reajuste necessários a ambos."

O Espírito fez uma pausa em sua fala. Estava emocionado. Aguardamos, e dali a pouco ele retomou:

– Eu não sabia o que pensar! Olhando aquela triste mocinha acamada e agora sabendo de sua história, balancei entre o rancor e a compaixão, chorando. Eveline continuou: "Ela não teve coragem nem tempo de se *reconciliar com o adversário enquanto estava a caminho com ele*. Então, *foi entregue ao juiz* da própria consciência, *do juiz foi enviada ao cárcere* das trevas espirituais e, ainda agora, reencarnada, *encontra-se na cadeia* das dores, *de onde não sairá até pagar a última moeda da dívida*."* Minhas lágrimas aumentaram. Eveline passou a afagar a antiga irmã que dormia, suplicando-me, emocionada: "Ajude-a a quitar essa dívida! O Pai é misericordioso, meu amado! Seja você também misericordioso!" Ah, como resistir? Explodi em lágrimas, comovido com as dores daquela que um dia fora parceira de minha grave queda! Sem pensar em mais nada, passei a afirmar, engasgando com o próprio

---

*Mateus 5:25-26

"*Entra em acordo sem demora com o teu adversário, enquanto estás em caminho com ele, para que não suceda que te entregue ao juiz, e o juiz te entregue ao seu ministro e sejas posto em prisão. 26. Em verdade te digo: dali não sairás antes de teres pago o último centavo.*"

choro, que sim, que eu a perdoava de todo meu coração! Sim! Sim!

Nós, encarnados, que ouvíamos tudo com grande atenção, discretamente também chorávamos. Que história!

O Espírito igualmente não se conteve ao relembrar a cena e chorou.

Alguns instantes foram necessários para seu refazimento, para, então, passar ao desfecho da narrativa:

— Vi a ex-cunhada se debater em seu sono e acordar, provavelmente alcançada pela nossa emoção. Ela se sentou na cama e eu a afaguei meio sem jeito. Ela se deitou outra vez e dormiu, sem nada notar. Eveline orou a Deus, em agradecimento, informando-me, antes de deixarmos o quarto, que agora seria a vez de Anne-Marie me pedir perdão. Assustado, afirmei já tê-la perdoado! "Sim, você a perdoou, mas ela precisa pedir e ouvi-lo de sua boca!" Em seguida, soube que, naquela mesma madrugada, a ex-cunhada seria trazida, enquanto o corpo dormia, até esta Instituição, para nos vermos frente a frente. E assim se fez. Após os preparativos espirituais junto à Anne-Marie, ao correr do dia, nas primeiras horas da madrugada ela foi trazida pelos trabalhadores deste querido lugar. Chegou alheia, sem perceber as coisas à sua volta, um pouco sonolenta. Aproximamo-nos dela e, após uma prece, Eveline passou a evocar suas velhas lembranças, aquelas anteriores à sua vida atual, e a chamá-la pelo antigo nome. Ao mesmo tempo, um benfeitor lhe aplicava passes magnéticos nos centros da memória. Aos poucos, Anne-Marie foi respondendo aos convites da irmã, expressando certo descontentamento, ao mesmo tempo em que seu perispírito se modificava. Em instantes, tínhamos à nossa frente não mais a jovem franzina da atual encarnação, mas sim a belíssima moça parisiense. Embora se apresentasse com o longo vestido de baile com o qual brilhara certa noite – e que agora estava todo amarrotado –, com os cabelos longos, dourados e encaracolados, sua face era apática e seus olhos estavam mergulhados em pesadas olheiras. Concentrando-se exclusivamente em Eveline, chorou ao reconhecer a amada irmã do passado, a quem também havia prejudicado com seu comportamento infeliz. Abraçou-a, gritando por perdão e recebendo-o imediatamente. Apesar de já ter encontrado a irmã, solicitando-lhe tal perdão, antes mesmo de reencarnar, quando ainda estava internada no hospital da Espiritualidade, Anne-Marie de nada se recordava, isso por causa da ascendência da matéria sobre as lembranças do Espírito. Então, após ser perdoada outra vez, foi convidada ao silêncio para que pudesse ouvir o que a irmã mais velha tinha a lhe dizer. Silenciou. Foi preparada para o que lhe viria em seguida e, ao ser convidada a me observar, o que ainda não havia feito, quase teve uma síncope, precisando ser sustentada por aqueles que estavam à sua volta. Desesperada, quis fugir, mas foi contida por Eveline. Envergonhada e aos prantos, não se atrevia a me encarar, escondendo o rosto no colo da irmã, de quem passou a receber carinhos, além de belíssimas e confortadoras palavras. Aos poucos, ao passar dos minutos, foi se acalmando até se ver em condições de me olhar de frente. "Não tema nem sofra; ele está aqui para lhe perdoar!" – afirmou-lhe Eveline ao final, apontando para mim. Eu, que já estava trêmulo, emocionei-me ainda mais ao ver aqueles olhinhos vermelhos e cansados diretamente ligados aos meus. Como já não bastasse, ela então me pediu perdão, vindo a mim, desejando beijar-me as mãos, o que evitei. Profundamente comovido, quando dei por mim já estávamos abraçados, agarrados fortemente um ao outro, confundindo nossas lágrimas. Após ouvir meu perdão, sem nada mais ser necessário dizer naquele momento, ficamos ali abraçados por longos instantes. Palavras eram dispensáveis, provavelmente até viriam a atrapalhar. Eveline se juntou a nós depois. Abraçamo-nos os três. Ao final, uma renovada Anne-Marie foi reconduzida ao corpo. Dali a pouco, amanheceria.

Um silêncio carregado de encantamento se impôs no ambiente. Ele era necessário. Precisávamos desfrutar, em total quietação, toda a beleza daquelas revelações.

Após esses momentos preciosos, o Espírito retomou:

– Embora cheio de perguntas a fervilharem no cérebro, não me animei a fazê-las. Haveria outras ocasiões para apresentá-las. Satisfeito, mas esgotado, precisava descansar um pouco. Só no dia seguinte, após sono refazedor, seria esclarecido por Eveline em alguns pontos: Anne-Marie não se recordaria do que aconteceu, nem deveria. Ao despertar, lembrar-se-ia apenas de um maravilhoso sonho em que se encontrara com bondosas pessoas, que a auxiliavam no reajuste junto a um antigo desafeto, agora também amigo. Não saberia entender o significado desse sonho, ao menos não conscientemente; contudo, seu Espírito, ser imortal, viajor dos tempos, entenderia, sim, o que havia ocorrido, reconhecendo a grandeza daquela madrugada. Por conta disso, teria mais ânimo a partir de agora, seria mais saudável psicologicamente, e a própria saúde orgânica estaria mais fortalecida. Tudo por causa do perdão recebido. Estaria consideravelmente melhor, mas não totalmente livre da depressão, pois a cura demandaria mais tempo em seu caso. Todavia, sentir-se-ia mais viva e disposta para enfrentar novas provas, comuns a todos nós.

Quanto a mim, agora mais leve, ficaria ainda uns dias nesta sublime Casa a fim de me fortalecer para a partida rumo à cidade a qual faço jus – o meu *velho-futuro* lar! Lá, muito deverei me esforçar no trabalho justo, com Jesus, esforçar-me também nos estudos, buscando desenvolver valores íntimos e preparando-me para novo retorno ao físico, no tempo apropriado, pois muito tenho a resgatar, a reconstruir. Quanto a toda dor e humilhação por mim vividas na cela quando encarnado, fui também informado de que haviam sido justas, pois representava a quitação de débitos adquiridos em passado mais longínquo, em uma encarnação ainda anterior a essa última, quando eu, homem melindroso, dispondo de certo poder, havia trancafiado, em celas infectas, pessoas que discordavam de minhas opiniões radicais e apaixonadas. Porém, Eveline me esclareceu que mesmo esse meu desacerto com a Vida poderia ter sido negociado na forma de trabalho no bem, sendo que poderia ter me reajustado servindo a causas nobres, o que não foi possível por conta de minha persistente indisposição ao altruísmo, não restando, assim, alternativa à Contabilidade Maior senão me fazer provar do mesmo líquido horroroso que havia enfiado goela abaixo de tantos outros seres. Eu havia escolhido o *olho por olho, dente por dente.* Ao final, fui informado da possibilidade de conviver com Anne-Marie ainda nessa sua atual encarnação, caso tudo corresse conforme o esperado, na condição de seu neto. Isso muito me emocionou! Começaríamos, com isso, a reconstrução de nossas estradas! E é provável que Eveline, companheira de outras vidas, venha, de alguma forma, acompanhar-me fisicamente nessa nova viagem. Minhas falhas depois da desencarnação, como *engenheiro* das trevas, foram muito graves! Como errei! Longo caminho me espera. Que eu possa, então, quando chegar a hora, estar ligado ao Pai e, assim, ter forças para suportar e vencer todos os obstáculos, criados por mim mesmo. E que Eveline esteja comigo! Esse anjo que tanto padeceu por conta de minha invigilância, tanto sofreu, silenciosa, dando testemunhos de firmeza espiritual, e, ainda assim, quando poderia simplesmente seguir seu caminho florido, rumando a esferas mais elevadas, optou por voltar aos caminhos pedregosos aos quais não mais pertencia, para soerguer a mim e a Anne-Marie, e afirma, ainda agora, seu compromisso em relação a nós quanto ao futuro! Por isso, posso dizer com toda a certeza que, abaixo de Deus, devo a Eveline o fato de estar aqui neste momento! Como agradecê-la adequadamente? Impossível! Então, que pelo menos saiba ela – que está aqui ao meu lado agora – que meu coração é todo seu! E o será para sempre! E que um dia saberei retribuir adequadamente todo esse amor que tem me devotado há tantas eras! Eu prometo!

Bem, meus amigos, agora me vou. Muito agradeço a todos vocês, deste lugar benfazejo! Não tendo eu como pagar tudo o que me fizeram, peço ao Pai que o faça, dispensando a todos muita saúde, paz e ânimo! Até algum dia, amigos! Até algum dia!

Encerramos a noite com a prece final, e saímos todos em total silêncio.

Diante dos mais belos quadros e melodias, quando exclamações são insuficientes, aproveitar silenciosamente o êxtase momentâneo é a melhor forma de agradecer pelo que se vê e ouve.

4

O ESCRAVO TRAÍDO

"... e seu suor tornou-se como gotas de sangue a escorrer pela terra." Lucas 22:44

— NUM SE METAM!... VOU MATAR ELA!... — AFIRMAva o Espírito, revoltado.

Dito isso, começou a ofegar e a emitir um ou outro som gutural, como se tentasse dizer mais, sem sucesso. Assim, percebendo sua dificuldade em enunciar frases, fomos falando, por nossa vez, buscando melhor conhecer o caso. Afirmamos estar ali para auxiliá-lo. Que se acalmasse para, sendo de sua vontade, conversarmos um pouco.

Esclarecíamos e aguardávamos...

E nada. Só a respiração ofegante, alguma expressão de revolta e sons ininteligíveis. Então, convidamos os demais médiuns à oração silenciosa, voltada exclusivamente a esse desencarnado que nos visitava naquele momento. E, após alguns instantes, a própria médium que o acolhia passou a descrever a situação. Afastando-se da interpretação direta, ainda que conectada a esse ser, buscou narrar o que via e sentia:

– Esse irmão foi escravo. Sinto que foi morto a chibatadas, no tronco, ainda jovem. Ele sangra muito, sobretudo nas costas. Vejo os filetes de sangue escorrendo, causando-lhe muita dor. Todo o tempo ele sente dor.

Silenciou, concentrando-se, a fim de novamente ser a *voz* do Espírito.

– Matar *ela*! – disse outra vez.

A situação infeliz não era incomum a tantas outras: uma criatura vítima de abusos diversos, violência ou abandono, buscando vingança após sua desencarnação. Caso clássico de obsessão. Ao que podíamos depreender, a vítima de hoje, reencarnada, havia sido a criatura perversa de ontem.

Elaborávamos um argumento quando ele falou mais alguma coisa:

– Amarrado por gente minha!... *Num* pode!... – e foi só.

Outro som de desagrado, mais dificuldade em respirar, nenhuma palavra.

63

Embora já soubéssemos se tratar de um escravo revoltado, buscando a desforra, ainda nos faltavam informações para a abordagem ideal, aquela dirigida especificamente à sua história. Apesar de nem sempre isso ser possível, pois há casos em que o Espírito não tem condições, por razões diversas, de entender o que lhe é dito – e talvez fosse essa sua realidade –, nosso compromisso era delicadamente buscar qualquer informação, mínima que fosse, ao menos nos instantes iniciais do acolhimento.

Antes, porém, de tentarmos mais alguma sondagem, um dos médiuns clarividentes pediu permissão para dizer algo. Então, disse:

– Ele está amarrado. E foi amarrado por outros antigos escravos, que foram buscá-lo na casa da mulher onde se encontrava. E está indignado por isso, achando-se traído.

Imediatamente entendemos serem esses ex-escravos trabalhadores de Jesus na Espiritualidade, pois ali haviam adentrado trazendo um irmão, visando beneficiá-lo por intermédio do trabalho mediúnico, objetivando o seu *despertar*.

Aí buscamos esclarecer o Espírito revoltado...

Por que havia chegado até ali enrolado em cordas? Decerto não teria vindo por vontade própria. Por que foi apanhado por seus irmãos negros? Justamente pelo fato de serem irmãos, e estes estarem muito preo-cupados com sua situação dolorosa. Qual situação? A de suas feridas, que continuavam abertas, sangrando e gerando dores lancinantes.

Falávamos devagar, pois, se tinha ele dificulda-des em se comunicar, decerto também devia ter difi-culdades para entender. Precisávamos falar o máximo com o mínimo de palavras.

Sabemos das vibrações saudáveis do interior da Casa Espírita, as quais muito auxiliam nos momentos de diálogo, gerando um bom ambiente em torno do comunicante. Também sabemos da cobertura dos ben-feitores invisíveis à nossa volta, imprescindível para o funcionamento, a harmonia e a segurança espiritual da noite. Igualmente somos informados quanto aos bene-fícios do choque anímico vivido pelo desencarnado ao contato com o médium. Desse modo, reconhecemos as vantagens dessas circunstâncias na diminuição das cargas de ódio e revolta por parte do comunicante. Contudo, por se tratar de um caso obsessivo de Espí-rito contra encarnado, em que profundo rancor antigo seguia sendo alimentado por parte do Espírito, que há muito vivia exclusivamente para isso, percebemos a impossibilidade de demovê-lo desse seu objetivo – a vingança –, mesmo estando ele em local tão positivo e cercado de boas criaturas do Invisível. Inútil seria –

naquele instante, fique claro! – convidá-lo a perdoar seu possível algoz. Logo, o caminho até ele deveria ser outro: o da oferta de medicação para seus ferimentos.

Então, propusemos-lhe:

– Entendemos o seu direito de estar lá junto daquela mulher, mas não será isso muito ruim para você agora? Será que essa sua insistência junto dela não está lhe fazendo sofrer ainda mais dor?

Não sabíamos ao certo até que ponto ele havia compreendido nossa fala, mas torcíamos para que ele pudesse ter percebido nosso sincero interesse em auxiliá-lo. Que as vibrações falassem mais que as palavras naquele momento. Então, ele emitiu mais um som gutural curto, como quem dissesse "não sei se acredito em vocês", de forma meio indecisa, o que não deixava de ser um bom sinal. Seguimos confiantes:

– Estamos vendo suas feridas! E estamos impressionados! Devem ser verdadeiramente dolorosas! – falamos cheios de compaixão.

Ele gemeu e concordou:

– Muita dor!... Sangue!...

– Sim, estamos vendo! E todo esse sangue sendo derramado não é bom! Isso precisa de remédio! Esse sangue precisa ser contido! Temos aqui o remédio que vai aliviar a sua terrível dor. Ele também vai diminuir esse sangramento. Você precisa desse remédio! E tem de ficar aqui um pouco para ser tratado – enfatizamos.

Novo gemido. Perguntamos com calma, mas firmes:

– Podemos chamar a pessoa que tem esses remédios? Podemos? Ela já está aqui. Com esses remédios, sua dor irá diminuir! Você será levado por ela até a enfermaria, será medicado e se sentirá melhor!

Ele aparentemente refletia a respeito, balançando diante da proposta. Continuamos:

– Pode confiar neste lugar! Todos queremos o seu bem! Acredite!

O antigo cativo pensou por alguns segundos e, então, comunicou sua decisão:

– Fico.

– Maravilha, meu caro! Excelente escolha!

– Mas *num* largo dela!

– Isso agora não importa. O que importa é o seu remédio e a diminuição da sua dor. Pense só nisso agora: o remédio. Está bem?

Ele concordou com a cabeça. Quando íamos insistir no pedido para que se concentrasse no tratamento, ele exclamou animadamente:

– Óia ali! Esse *nego véio* eu conheço!

Ante nossa surpresa, ele arrematou depois de alguns segundos:

– Ele fala que tem remédio de erva! – disse com alguma alegria.

– Que beleza! Pois vá com ele! Ele é o amigo de que lhe falei!

Encerrou-se a comunicação.

Percebíamos, com isso, não ser esse antigo escravo um gênio das sombras, diabólico, conhecedor de técnicas obsessivas e interessado em perturbar a humanidade. Vimos, na verdade, não passar de um ser sem malícias, contudo, profundamente amargurado, rancoroso em relação ao *ontem*, desejoso de alguma vingança junto à sua *devedora*, que veio a encontrar já em nova roupagem reencarnatória.

O que teria passado esse pobre homem? Escravo, *morto* no tronco a mando daquela a quem agora perseguia, provavelmente sua antiga dona. Quiçá castigado por alguma falha, mesmo leve, na execução de algum serviço; ou talvez por ter dito alguma ingenuidade, considerada ofensiva pela ótica sempre rigorosa – quando se tratava de escravos – de sua *dona*; ou, quem sabe, tenha comido alguma fruta durante a colheita, cedendo à dolorosa e persistente fome, mesmo consciente dessa proibição...

Saberemos mais à frente.

Talvez o leitor queira saber como esse antigo escravo encontrou a *ex-dona*. Pois vamos lá! O *devedor* traz em si as matrizes de culpa pelo mal praticado anteriormente e não resolvido. Essas matrizes geram o *remorso inconsciente*, que, por sua vez, desarmoniza as vibrações do encarnado, tornando-o *rastreável* por aquele a quem tanto prejudicou. Assim, *permitindo-se* ser alcançado, vê iniciado seu acerto de contas.

Já o *cobrador*, algumas vezes sequer se dá conta dessa *atração vibratória*. Quando menos espera está de frente com seu antigo carrasco, a quem há muito procurava para lhe apresentar as *notas da dívida*.

Interessante observar que o esquecimento da *pendência* por parte do prejudicado, que optou por perdoar seu *devedor*, antes mesmo de iniciar alguma cobrança, não isenta esse *devedor* de se sentir ainda *endividado*, afinal de contas, uma agressão a um ser criado por Deus é uma agressão à Lei Universal, a quem o *devedor* passa, então, a *dever*, podendo se abrir a *cobradores indiretos*, que se aproveitam do momento.

E por que o antigo escravo ainda sangrava e tinha dores, mesmo já tendo passado tanto tempo? Por conta do ódio e do desejo de vingança nutridos em seu íntimo, o que o fazia se manter preso à cena de sua morte física e, assim, continuar sustentando firmemente seus propósitos de desforço, vivendo em um verdadeiro círculo vicioso: lembrança do mal que lhe fora praticado, ódio, vingança, dor e sangramento, lembrança do mal sofrido, ódio...

Também pode desejar saber o leitor a razão para o ex-escravo precisar ser amarrado. Vai lá: por estar ainda muito *materializado*. Portando-se como homem rústico, sem qualquer ligação com a *vida espiritual*, dado ao uso dos *músculos* nas suas ações, deveria ser *apanhado* por algo compatível ao *seu mundo*, sendo esse *algo* manipulado por criaturas com alguma relação ao seu universo. Ou seja, antigos escravos trabalhando para o Cristo, movimentando cordas para amarrar e trazer o irmão à reunião mediúnica, a seu próprio benefício.

Situação semelhante podemos encontrar no livro *Dramas da Obsessão*, no qual nosso estimado Bezerra de Menezes solicita a um índio de nome Peri, seu colaborador àquele momento, a captura e o traslado de um violento obsessor até a Casa Espírita onde, mais tarde, ocorreria o trabalho mediúnico. Bezerra ainda nos afirma que algumas capturas, junto a certos tipos de obsessores, pedem ações mais enérgicas e são solicitadas a Espíritos ainda pouco evoluídos, mas já regenerados e dispostos a trabalhar para o Bem. Tais ações são permitidas visando o aproveitamento da força de serviço desses irmãos, desejosos por servir a Deus naquilo que podem oferecer, conforme a etapa evolutiva em que se encontram. Mas tais atividades estão sempre sob a direção de entidades mais elevadas e sob as leis de Amor. No livro em questão, Peri traz o tal obsessor amarrado por uma corda [12].

Semana seguinte, estávamos novamente reunidos para mais uma noite de serviços mediúnicos com o Mestre, na qual um sem-número de Espíritos, vivenciando diversas formas de sofrimento, recebiam atendimento na Casa da Caridade. Revoltados, doentes, mentalmente perturbados, enfim, um desfile de desesperados solicitando de nós, médiuns, compreensão e compadecimento. Histórias comoventes, casos profundamente dolorosos, vidas demolidas pelo ódio... – exemplos reais de como não agir, servindo-nos de alerta, de lição.

Ao final da empreitada, como ocorre com alguma regularidade, um dos benfeitores espirituais do grupo veio nos falar por intermédio da psicofonia de um dos médiuns...

Após os cumprimentos iniciais, resumiu os atendimentos movimentados até ali, que sequer havíamos percebido, passados exclusivamente no Invisível. Afirmou ser o Amor a mais eficiente medicação, ministrada naquele *pronto-socorro* pelo Médico dos médicos. Estimulou-nos a prosseguir nessas frentes de serviço, como *auxiliares de enfermagem*, ostentando no peito o crachá de *trabalhadores de última hora*, convocados a servir a fim de quitar os próprios débitos passados, através desse trabalho honroso junto ao Alto.

Quando julgávamos estar se aproximando o encerramento da mensagem, felicíssimos com as palavras de afeto e de estímulo, que nem merecíamos, o trabalhador de Jesus nos perguntou:

– Recordam-se, os irmãos, daquele ex-escravo da semana passada?

– Sim, sim! – respondemos imediatamente. – Ele perseguia uma mulher atualmente encarnada, sendo momentaneamente seu obsessor, provavelmente por ter sido ela sua antiga *dona*, a tratá-lo com muita crueldade.

– Não é bem isso.

Um curto intervalo se deu, de modo a nos prepararmos para o que viria.

– Nascido em Angola – iniciou o trabalhador invisível –, esse nosso irmão foi muito disputado ao chegar aqui no Brasil, pois diziam que os angolanos eram *bons trabalhadores*. Desembarcando no Nordeste depois de pouco mais de quarenta dias de viagem, na qual permanecera acorrentado por todo o percurso, em um ambiente altamente insalubre, onde quase vinte por cento dos transportados desencarnara por falta de alimentação ou por infecções intestinais, oriundas da péssima qualidade da água e dos alimentos, foi ele conduzido por seu traficante ao leilão. Antes, porém, de ser apresentado aos possíveis compradores, banhou-se, teve a barba e os cabelos raspados e o corpo besuntado com óleo, tudo visando a melhoria de sua aparência.

Embora fosse comum que chegassem muito abatidos, desidratados, com escorbuto e feridas pelo corpo, esse nosso jovem de porte atlético foi exceção, chegando à terra firme relativamente saudável. Com isso, chamando a atenção de seu traficante ante a possibilidade de lucro acima da média, foi levado ao leilão como a principal peça e vendido, quase que imediatamente, ao mais rico fazendeiro da região.

Quanto ao seu desembarque, aqui nas nossas terras brasileiras, foi esse um dos últimos da história, pois o tráfico de escravos chegou ao fim algumas semanas depois. Mas, percebam, chegou ao fim o tráfico, não a escravidão. Isso era 1850, e a escravidão só seria abolida em 1888.

Assim que chegou à propriedade onde deveria trabalhar incansavelmente, após ser comprado, foi apresentado à sua nova e coletiva morada: a senzala. Lugar terrivelmente abafado, sem nenhuma abertura a não ser a pesada porta, trancada assim que os escravos se recolhiam no fim do dia. Já para fins de intimidação, foi levado, após, para conhecer os instrumentos de tortura da propriedade, chamados de *educativos*. Existiam nesse tempo verdadeiros manuais que ensinavam *castigos pedagógicos*: o tronco, a chibata, os ganchos, as pegas no pescoço, as correntes presas ao chão... Além de uma punição inicial muito comum, chamada *quebra-negro*, utilizada aos recém-chegados que apresentassem alguma rebeldia. Nessa sevícia, eram eles açoitados na praça, humilhados a fim de aprenderem a irrestrita obediência. Mas, como havia chegado sem criar qualquer confusão, nosso irmão angolano não precisou ser *quebrado*, e foi levado aos instrumentos de tortura apenas para deles tomar conhecimento – escravo deveria ser aterrorizado.

Dali foi apresentado ao trabalho: a fornalha e a caldeira, com seu calor insuportável. Esse trabalho penoso era tido como um castigo, reservado a escravos insubmissos; porém, por conta de algumas baixas, devido a um acidente ocorrido dias antes, nosso rapaz foi a ele encaminhado. Trabalharia, assim como tantas dezenas de cativos, que ali já estavam, do nascer do sol até a noite, em função altamente perigosa, com altos riscos de queimaduras sérias, com direito a uma alimentação bem abaixo da ideal, formada por peixe, carne seca e farinha de mandioca.

Sempre silencioso e eficiente, conquanto intimamente cada vez mais revoltado, não chamava a atenção do feitor. Mas acabou chamando a atenção da sinhazinha.

O dono da fazenda cedia um pedaço de terra aos escravos para que eles plantassem ali, obrigatoriamente, seu próprio alimento. E isso era feito aos domingos. Então, em certa manhã ensolarada de domingo, quando o condutor da confortável charrete levava as mulheres da casa para uma visita a uma conhecida na cidade, a mais nova delas avistou nosso irmão angolano, impressionando-se com sua compleição física. Com o peito descoberto, de ceroulas até os joelhos e com uma faixa na testa para conter o suor, o rapaz preparava a terra para o plantio, sem imaginar estar sendo notado pela caçula do fazendeiro.

Moça criada com excesso de condescendência, cercada por todo o conforto e com serviçais às suas ordens, julgava-se uma verdadeira princesa. Desvalorizando as vidas ao seu redor, fazia as mais esdrúxulas exigências aos que a assistiam, sob pena de castigo doloroso caso não fosse atendida. Espírito ainda desprovido de fraternidade e boa moral, alimentando pensamentos sensualistas comuns aos jovens apegados à matéria e às sensações, viu no escravo um príncipe negro africano, pronto a servi-la em seus desejos carnais.

75

Daquele momento em diante, o jovem cativo não saiu mais de sua cabeça, e ela passou a trabalhar possíveis planos para se ver a sós com seu alvo. Como diz o ditado comum, *ninguém faz nada sozinho*, a moça exigiu auxílio de ideias de sua acompanhante e, em poucos dias, estimulada por viagem longínqua do senhor seu pai, o plano não só estava definido como passou a ser executado.

Nova manhã de domingo, a sinhazinha foi, com sua acompanhante, até o feitor dos escravos. Ao encontrá-lo, sem qualquer embaraço, ela exigiu que o jovem angolano fosse por ele levado até ela, que os aguardaria à margem do rio, em linha reta à senzala, ao fundo das terras. Ante a expressão de espanto do feitor, a sinhá não hesitou em intimidá-lo: caso a desobedecesse, assim que o pai retornasse da viagem diria que havia sido por ele duramente assediada e seria ele dali escorraçado, isso se ainda o pai o deixasse vivo! Estupefato com o atrevimento da caçula do patrão, receoso ante suas ameaças, percebidas reais, o homem concordou com a ordem. E a moça, dando ainda maior vazão ao seu desvario, a fim de recompensar o feitor, prometeu-lhe alguns momentos de intimidade com sua acompanhante, mocinha ainda pura, filha de uma antiga escrava da cozinha. A acompanhante, não sabendo de nada, chocou-se com a oferta, tentando invalidá-la, já quase aos prantos, ouvindo da *amiga* a ordem para se calar. O poder, aliado ao egoísmo feroz, mostrava ali todo seu desprezo à moral e aos sentimentos alheios.

Uma hora depois, o feitor entregava o moço cativo à sua nova *dona*, recebendo dela a ordem para voltar buscá-lo dali a tantas horas. A acompanhante ficaria escondida, pois, para todos os efeitos, estavam ambas em passeio distante.

Entendendo pouco o que a sinhazinha falava, o escravo, arredio de início, acabou sendo seduzido. Embora não fosse dado a observações e raciocínios, sabia estar ali com a dona daquele lugar; assim, quem sabe, caindo em suas graças, não seria libertado? Quem sabe a moça não estaria gostando realmente dele? – pensava. Pobre rapaz ingênuo! Nessa linha de pensamento, aceitou agradá-la em seus desejos, mas, quando menos esperavam, foram flagrados por alguns moços, herdeiros de terras vizinhas que, em silêncio, caçavam pássaros. Imaginando ser ali um caso de estupro, correram aos berros em direção ao casal, na intenção de afastar o escravo atrevido. Assustada, mas hábil na dissimulação, a sinhá acatou o papel de vítima, chorando, gritando e agradecendo a chegada dos heróis.

Nosso irmão angolano, confuso de início, percebeu, no desenrolar da coisa, o fingimento da sinhazinha. Tentou protestar a seu modo, mas foi agredido.

Foi aprisionado pelo feitor, que também fingia admiração perante tudo aquilo, permanecendo sob pesadas correntes até a volta de seu verdadeiro dono. Este, retornando da viagem e tomando conhecimento do ocorrido, exigiu a imediata morte do escravo, por meio do chicote e do tronco, à vista de todos, quando ele próprio – pai revoltado – dividiria com o feitor a execução. E assim se fez. Levado ao tronco, nosso jovem angolano foi sendo destruído pelas chicotadas ferozes, sangrando aos filetes até ter todo o dorso coberto de sangue e a carne exposta. Expirou em algumas horas. Morreu seu corpo; o Espírito, agora cheio de ódio, via-se muito vivo e em grande sofrimento.

Manteve-se espiritualmente preso à cena do suplício por longo tempo, esperando o castigo *acabar* para então sair dali e *matar* a sinhazinha, sem desconfiar da própria desencarnação. Nesse cenário sombrio, criado por si próprio, continuava sendo chicoteado por mão inexistente. Suportando tudo, via chegar, vez ou outra, algum *escravo* a convidá-lo a sair dali a fim de seguirem até um campo aberto próximo, onde muitos outros *escravos libertos* viviam em paz. Mas nosso jovem negava o convite, afirmando que ficaria ali até o feitor se cansar e tirá-lo do tronco, quando então escaparia e iria em busca da sinhazinha.

Como veem, não faltaram Espíritos tentando

auxiliá-lo, indo até ele e entrando em seu atormentado mundo*, mas ele a tudo recusou. Depois de um tempo sem-fim, sem entender como, viu-se ao lado de uma adolescente de quinze anos, em um local desconhecido e estranho, sentindo por essa jovem um sentimento ruim e incompreensível naquele momento. Aos poucos, no correr dos muitos meses em que se manteve agarrado à moça, acabou percebendo que, nos momentos de sono da jovem, esta, em Espírito, libertava-se do corpo, e ele teve consciência de quem realmente se tratava: da sinhazinha. Então, sua fúria se ampliou, o que acabou aumentando os tormentos da antiga filha do fazendeiro, agora menina pobre e angustiada, tornando com isso mais frequentes e intensos seus ataques epiléticos. Como vocês sabem, tanto há casos de epilepsia movimentados unicamente pelo próprio encarnado quanto os que são disparados pela presença de um obsessor. Seu caso era o segundo. Então, após recebermos o pedido de auxílio à moça, visitamos seu lar atual e conhecemos o antigo escravo, percebendo ser o seu afastamento daquele ambiente o ideal para o momento. Convocamos três trabalhadores

---

*Criada pelo desencarnado, a construção mental de uma *realidade falsa* já foi por nós tratada no livro *Noites Inesquecíveis*, no capítulo "A Pianista", no qual vimos que, por meio do impulso inconsciente da vontade, o Espírito cria e sustenta um cenário irreal à sua volta, em que ele permanece inserido, por força de seus desejos ou de seus remorsos, por tempo indefinido. É a fixação de seu pensamento, criando e sustentando essa pseudorrealidade.

de nosso conhecimento, sendo eles também antigos escravos, hoje operários do Cristo, e, dando-lhes ensejo de serviço, solicitamos deles a captura do nosso irmão angolano. Assim, sob nossa supervisão direta, isso foi feito. Percebemos também, ainda na primeira inspeção à residência da moça, a necessidade de o ex-escravo ser visitado por algum velho conhecido, o que deveria ocorrer ao final de seu atendimento mediúnico. Levantamos sua biografia e buscamos algum antigo amigo, que, de preferência, estivesse na Espiritualidade e, obviamente, em condições de ajudá-lo. Encontramos esse seu velho conhecido, e ele, dispondo-se a amparar o irmão, aqui apareceu conforme vocês perceberam.

Ambos ainda se encontram aqui na Instituição. O antigo escravo já está bem mais sereno ao lado do amigo de outrora, que recebeu licença de seus afazeres para também ficar aqui por algumas semanas. Enfim, meus irmãos médiuns, tudo caminha a contento, graças ao Mestre Maior!

Quanto à sinhá, atualmente encarnada, ela se sentirá melhor sem a presença de seu *hóspede espiritual*, embora tenha muito a reconstruir vida afora. Que o Pai a abençoe!

O mentor espiritual encerrou sua fala. E nós, com a costumeira prece final, fechamos os trabalhos da noite.

5

O IRMÃO VACILANTE

*"No mundo, haveis de ter aflições. Coragem!
Eu venci o mundo."* João 16:33

AO FALAR O ESPÍRITO, A TRISTEZA EM SUA VOZ ERA
de dar pena. Se não bastasse a melancolia nas palavras, leve choro se revelava em um e outro instante.
Compadecíamo-nos, os médiuns, em relação a esse
abatido rapaz (sabíamos se tratar de um homem pelo
uso de adjetivos no masculino ao se referir a si mesmo). Orávamos por ele. Gostaríamos muito de vê-lo
mais animado.

Dizia ele da chance desperdiçada. Da confiança que lhe fora depositada por muitos. De toda sua
preparação. Das conversas junto àqueles com os quais

81

trabalharia. Da decepção que provavelmente causara a tantos.

Exprimia-se pesaroso.

Em determinado momento, revelou já ter estado ali na Casa Espírita outras vezes.

– Que bom, meu amigo! – dissemos. – Esta Instituição é fonte de energia e refazimento para todos nós!

– Sim, ela é. Mas no meu caso, mesmo recolhendo esses benefícios, não é fácil estar aqui.

– Por quê?

– Sinto-me envergonhado e, em alguns momentos, aflito aqui em seu interior.

– Poxa, estamos curiosos para entender a causa desses seus sentimentos em relação à Instituição! Qual seria?

Em razão dessa sua fala, tínhamos uma teoria a respeito em nossa mente: fora ele antigo perseguidor da Casa Espírita em que nos encontrávamos. Provavelmente perseguira seus trabalhadores, buscando complicar-lhes a marcha de todas as formas possíveis, visando afastá-los definitivamente dos trabalhos junto ao Centro, ou mesmo criar divergências entre seus membros, por meio de discussões inúteis e agressivas, com o propósito de rachar em grupos os seareiros encarnados, inviabilizando, assim, a união imprescindível para a sustentação do ambiente, fazendo com que, progressivamente, a qualidade dos serviços fosse se perdendo. Essa ocorrência já havíamos encontrado tanto na literatura espírita quanto vivido na pele; tanto lido sobre esses perseguidores invisíveis quanto conversado com alguns deles.

Como o Espírito não respondera a nossa pergunta, optamos por repeti-la:

– Você disse que se sente envergonhado e aflito aqui. Se for de sua vontade, gostaríamos de saber a causa de se sentir assim.

Imaginávamos sua confissão como perseguidor e seu atual arrependimento pelo passado, mas não foi nada disso que ouvimos. Disse ele:

– Ah, meu irmão! Com que pesar lhe direi o que preciso dizer!

– Pois diga. Está entre amigos, pode abrir seu coração. Já esteve aqui outras vezes, sabe da seriedade deste lugar e deste trabalho humilde, porém sincero.

– Bem sei. Sei muito mais do que pensa, pois muito me preparei para estar aqui, mas na condição de trabalhador!

– Trabalhador? – surpreendeu-nos a revelação.

– Sim, trabalhador.

Provavelmente havia encarnado com propósitos de servir à Instituição, mas, quando esteve no corpo físico, não obedeceu aos chamados da consciência para esse compromisso, preferindo exclusivamente as coisas do mundo material, negligenciando as obrigações espirituais. Se fosse isso, não seria o primeiro, infelizmente. Longe de nós qualquer crítica ou censura aos irmãos que evitam essa doce obrigação, assumida ainda na Espiritualidade – *"... eu não julgo ninguém."** –, apenas lamentamos, pois, também nesse ponto, tanto a literatura espírita quanto vários testemunhos ouvidos durante os trabalhos mediúnicos já nos mostraram o arrependimento amargo e o desespero daqueles que desencarnaram e perceberam os prejuízos advindos dessa inércia. Uma pena!

Imaginávamos ser essa a posição do triste desencarnado, mas, outra vez, ele nos surpreendeu:

– Há três décadas eu deveria ter encarnado. Após preparar-me devidamente na Espiritualidade, frequentar os cursos sobre o Evangelho, posteriormente sobre mediunidade, deveria ter vindo ao corpo físico e, desde a primeira infância, teria contato com esta Casa, visto que nasceria em lar espírita. Deveria passar pela evangelização infantil, mocidade e grupos

---

*João 8:15
"Vós julgais segundo a aparência; eu não julgo ninguém."

de estudos. Assim que atingisse a maioridade, deveria vir à mesa mediúnica, além de passar a assumir responsabilidades junto à gestão deste Centro, bem como junto aos encarnados que aqui chegassem, buscando informações e esclarecimentos diversos sobre essa doutrina consoladora.

Tudo estava programado. A meu benefício, a Misericórdia Divina me daria mais uma grande oportunidade para resgatar débitos anteriores. Tinha as condições devidas e auxílio não me faltaria, pois contaria com amigos fiéis em ambos os planos da vida. Você, inclusive, seria um grande amigo.

Nosso coração bateu mais forte. Ele foi em frente:

– Próximo ao início de minha ligação junto àquela que seria minha mãe, fui visitá-los – ela e meu pai – durante o sono físico. Fui recebido prontamente, com todo carinho. Ambos se colocaram à disposição para me receberem como filho amado. Tudo estava pronto. Tudo acertado. Então, voltei à Espiritualidade para os preparativos finais e meu recolhimento junto ao setor responsável pela reencarnação. E assim, com votos de estímulo por parte daqueles que avalizaram minha nova encarnação, fui trazido e comecei, junto à futura mãe, o processo gestatório... E, apesar de toda minha insegurança, as ligações ocorreram como previsto.

Os dias passavam e eu notava a consciência diminuindo à medida que meu diminuto corpo físico iniciava sua formação no ventre daquela querida mulher. Contudo, por conta de minhas graves falhas na última vida, somadas ao medo terrível de errar mais uma vez, comecei a me perturbar fortemente. Vacilei na fé e, sentindo-me sozinho e desesperado, passei a julgar um erro minha reencarnação. Percebendo a consciência cada vez mais entorpecida, optei por agir o mais rápido possível, enquanto havia tempo, e, tomado de horror injustificado, desliguei-me de minha futura mãe. Em alguns instantes, a pobre vivenciava, inesperadamente, o chamado aborto espontâneo.

Nova pausa se impôs.

Lembrávamos rapidamente de *O Livro dos Espíritos*, no qual, em determinada resposta, os benfeitores espirituais afirmam a possibilidade de o próprio Espírito romper as ligações com seu corpo em formação. Mais tarde, já no lar, buscaríamos com exatidão esse trecho:

345 – (...) Durante esse primeiro período, o Espírito poderia renunciar em habitar o corpo designado?

R: (...) como os laços que o prendem são muito fracos, rompem-se facilmente, podem romper-se pela vontade do Espírito que recua diante da prova que escolheu. Nesse caso, a criança não vive[13].

Após o breve intervalo, o comunicante retomou:

– Não há como descrever o que vivi após esse meu desligamento, após essa minha infeliz escolha. Horríveis sensações, meus amigos! Horríveis! Anos e anos a fio de profundo sofrimento e desespero. Não conseguia ficar na Espiritualidade, tampouco na matéria. Nenhum lugar era meu. Não me sentia bem em parte alguma. Não tinha paz. E tudo por romper com a reencarnação!

Sei que o que vou dizer não justifica o que fiz, longe disso, mas... reencarnar não é fácil! É amedrontador! Não é por acaso que temos de nos preparar tanto para isso e ainda receber auxílios diversos. É um grande desafio!

Tentando deixar o clima um pouco mais leve, comentamos com algum bom humor:

– E o homem ainda morre de medo de *morrer*! Mal sabe ele que o que realmente amedronta é *nascer*! Não é mesmo, meu amigo?

Pela primeira vez, ele riu levemente, corroborando nossa fala. Então, lembramo-nos novamente de *O Livro dos Espíritos*, no qual há todo um capítulo voltado às delicadas questões do prenúncio à vida física e gestação. Citamos alguma coisa das respostas dadas a Kardec a esse respeito, e o Espírito concordou conosco.

Abaixo vão integralmente as questões por nós levantadas naquele instante:

339 – O momento da encarnação é acompanhado de uma perturbação semelhante àquela que tem lugar na desencarnação?

R: Muito maior e, sobretudo, mais longa. Na morte, o Espírito sai da escravidão; no nascimento, entra nela.

340 – O instante em que o Espírito deve se encarnar é para ele um momento solene? Realiza esse ato como uma coisa grave e importante?

R: É como um viajante que embarca para uma travessia perigosa e não sabe se encontrará a morte nas ondas que enfrenta.

341 – A incerteza em que se encontra o Espírito sobre os eventuais sucessos nas provas que vai suportar na vida é para ele uma causa de ansiedade antes da encarnação?

R: Uma ansiedade bem grande, visto que as provas de sua existência retardarão ou acelerarão seu progresso, conforme as suporte bem ou mal[14].

Quando então nos preparávamos para perguntar sobre seus atuais afazeres, não tivemos tempo, pois ele se adiantou:

– Mas hoje estou aqui também para pedir desculpas.

– Desculpas?... Pois não, esteja à vontade!

– Quero pedir perdão pelo sofrimento imposto àquela que me receberia como filho. Causei-lhe grave transtorno físico, quase levando-a à desencarnação. Perdoe-me, mãezinha querida! Agradeço muito pelo que fez por mim na tentativa de me acolher! E pelo que está fazendo neste exato momento, acolhendo-me mais uma vez, agora por intermédio de sua mediunidade!

Quase tivemos uma síncope!

Primeiro por saber que a médium que lhe servia de porta-voz naquele instante deveria ter sido a sua mãe!

Segundo porque a tal médium era a minha mãe!

O Espírito, percebendo meu desconcerto, falou alto, entre lágrimas:

– Isso mesmo! Eu seria seu irmão! Seu irmão! Deveria ter nascido em seguida a você! Seríamos companheiros! Estudaríamos juntos aqui no Centro Espírita, trabalharíamos nesta Casa, dividindo as responsabilidades! Mas eu falhei! Não tive a coragem devida, meu irmão!

Não me vinham palavras.

Recordei-me de nossa mãe ter sofrido realmente um aborto espontâneo – toda a família sabia disso. Um aborto que surpreendeu a todos, inclusive sua médica, pois até o dia anterior a ele tudo seguia perfeitamente bem. Eu tinha por volta de cinco anos de idade na época, e, ainda hoje, tenho algumas reminiscências desse dia fatídico.

Ele seguiu narrando, aflito:

– Na sua infância, eu me agarrava a você, desesperado, e você sentia meu desespero achando ser unicamente seu! Eu acabava atrapalhando-o! Perdoe-me por isso também, meu irmão!... Ah, quanta tristeza!

A muito custo, com a voz um pouco embargada, tentei confortá-lo dizendo ser desnecessário seu pedido de perdão, complementando:

– Meu querido, se assim se deu foi porque sua aflição também me dizia respeito. Ela se encaixava em mim de alguma forma, havendo nisso alguma justa razão. E, além do mais, irmãos são para isso mesmo, para ajudarem um ao outro nos momentos de crise!

– Ah, meu irmão, veja o que fiz!

– Confiemos no Pai! Nova oportunidade lhe será dada, e você vencerá! E pode contar conosco! E falo também por nossa mãe, que o acolhe neste instante! Com certeza, somos da mesma família espiritual, aquela que nunca se desfaz! Estaremos sempre juntos pelo coração! Viajaremos muito ainda, reencarnações afora! Provavelmente, seremos consanguíneos muitas e muitas vezes! Lutaremos juntos no corpo físico!... Confiemos, irmão querido! Confiemos no futuro! Somos todos filhos de Deus, e a todos os Seus filhos um futuro glorioso está previsto!

Ele chorava, mas agora um pouco mais calmo. Ao nosso intervalo, ele nos trouxe outra informação:

– Ainda não posso reencarnar. Nem há qualquer previsão sobre isso por enquanto. Desprezei uma grande oportunidade, devo agora colher as consequências. Uma reencarnação é algo extremamente sério, como vocês sabem. Agora preciso suportar com paciência. De qualquer modo, hoje me sinto mais aliviado falando com você e com aquela que seria minha mãezinha. Há muito tempo, eu imaginava este nosso encontro, mas não tinha condições emocionais para vivê-lo, também ainda não o merecia, tampouco a época de vocês era propícia a tais revelações. O tempo era necessário para todos nós. E ele passou. Hoje, pude vir e não só me beneficiar desta Casa, mas também conversar. Sinto-me melhor.

– Que revelação você nos trouxe! Que revelação!... É muito bom saber que tenho um irmão, afinal, até agora só tinha duas irmãs! – falei em tom de animação, tentando confortá-lo.

– Posso imaginar o susto de vocês. Bem, agora preciso ir. Perdoem-me mais uma vez, e orem por mim!

– Não tenha dúvida disso, meu irmão, você sempre estará em nossas preces! E, como disse anteriormente, estaremos sempre à sua disposição naquilo que tivermos condições! E, quando lhe for permitido, venha nos visitar, será uma alegria recebê-lo!

– Muito obrigado!

– E outra coisa: não abro mão de tê-lo como irmão, ouviu? Agora que você me contou, não deixarei por menos: irmãos para sempre!

Ele sorriu, emocionado.

Despediu-se e partiu.

Hoje, mais de um ano após essa comunicação tão reveladora, ainda não tivemos qualquer notícia a seu respeito.

Mas ele sempre está em nossas orações...

O meu irmão.

6

O HOMEM DECAPITADO

"Embainha tua espada, porque todos aqueles que usarem da espada, pela espada morrerão!"
Mateus 26:52

— PRECISO DE AJUDA! PRECISO PÔR A CABEÇA NO lugar!

Imaginávamos que o Espírito falasse metaforicamente, pedindo, na realidade, conselhos para seguir, reconhecendo possíveis equívocos. Nessa linha de pensamento, fomos lhe falando:

— Pois, então, veio ao lugar certo. Esta Casa onde estamos tem condições de auxiliá-lo em suas necessidades, colaborando na sua compreensão em torno de si mesmo. Há momentos em que todos precisamos parar um pouco para botarmos a cabeça no lugar, não é verdade? Rever ideias, refletir a respeito de antigas escolhas, buscar novas soluções...

– Não! Você não me entendeu! – disse, de modo impaciente. – Ou talvez seja cego. Mas, se for, quem é que coloca um cego para atender quem precisa de auxílio? Cadê a organização deste lugar?

Confusos, fomos *tateando no escuro*...

– Perdoe-nos, realmente somos *cegos*. Só ouvimos. Mas precisamos trabalhar e os caridosos dirigentes daqui nos ofereceram esta chance de serviço. E se a ofereceram, imaginamos ter a mínima condição necessária para executá-la, contando, é claro, com a compreensão dos que aqui chegam. Assim, mais uma vez, pedimos desculpas por essa nossa condição, mas temos certeza de que podemos compreender o que se passa com você. Por favor, repita qual a sua necessidade para o momento.

Um pouco desconcertado, ele narrou:

– Há muito tempo, tive a cabeça arrancada em uma briga entre famílias. Mas nunca consegui colocá-la de volta no corpo. Acho que só pode ser feito isso por uma cirurgia, não é? Isso que me disseram os que me mandaram vir até aqui.

Compreendendo agora a situação, buscamos nos inteirar:

94

– Ah, agora entendemos. Mas a cabeça está aí com você, não é?

– Claro, *ceguinho*! A boca está na cabeça, não está? Como é que eu conseguiria falar se não estivesse de posse da cabeça?

– Está certo.

– Ando com a cabeça debaixo do braço, como criança carregando sua bola. E isso já me encheu!

– Imaginamos!

– É, no seu caso, só pode imaginar mesmo! – riu, irônico.

Em todos esses anos de trabalho mediúnico, por incontáveis vezes, tivemos contato com Espíritos gravemente deformados: fraturas expostas, cortes profundos, falta de órgãos ou membros, membros anormais... Enfim, uma infinidade de situações.

Certa vez, acolhemos um desencarnado que tinha as mãos mirradas, a modo de dois galhos secos. As mãos ressequidas eram para ele o resultado de uma maldição. Ele nos dizia:

– Um dia, bati na minha mãe. Ela mereceu a boa surra. Mas, ao final, disse que minhas mãos haveriam de secar um dia. Não demorei muito para *morrer* – fui assassinado em uma briga – e, assim que me vi *deste lado*, mesmo enquanto era arrastado por demônios, percebi que as mãos estavam secas. A praga daquela mulher havia dado certo.*

Explicamos ao irmão não ter sido a maldição materna a real causadora de sua deformação, mas, sim, seu remorso inconsciente, obrigando-o, como punição ao ato insano praticado contra a própria mãe, a *viver* a pena sugerida, até um dia reencontrar a mãezinha para, então, pedir-lhe perdão. Ou passar por tratamento junto a Espíritos abalizados nesse tipo de reparo. Mas, para isso, era imprescindível reconhecer-se verdadeiramente arrependido.

Ele não admitiu sentir remorso, e ainda tentou nos intimidar:

– Você não tem juízo, rapaz? Sabe quem sou eu? Eu sou o *Mão-de-roseira*!

Fomos lhe falando com docilidade, sem qualquer nota de desafio...

Em outra oportunidade, veio-nos um Espírito masculino pedindo auxílio para o seu rosto.

– Vejam, tenho várias caras, meu rosto se altera sem minha vontade! Uma espécie de máscara se impõe à minha face, e nada posso fazer! Sinto-me constrangido a usar o que parece ser aquelas antigas máscaras do carnaval europeu, cada qual com expressão

---

*Caso semelhante encontramos na obra *Nos Domínios da Mediunidade*, de André Luiz, no capítulo "Ante o serviço".

facial variada, uma de choro, outra de sorriso... Mas sei que não há máscara alguma, e sim minha própria face moldando-se à expressão do momento! É terrível! Por vários minutos, sou obrigado a sorrir largamente, como se estivesse muito feliz – o que nunca estou! Dali a pouco, vejo-me em expressão facial dolente, entristecida... Então, em sequência, surge a máscara da admiração, os olhos arregalam e a boca fica arredondada! Pior é quando há confusão entre elas e meu rosto fica disforme, misturando um pouco de cada uma, permanecendo assim por vários minutos. E ninguém precisa me avisar da expressão que sustento, sinto cada uma delas pela movimentação dos *músculos* faciais! Agora mesmo, sei que estou sorrindo largamente, embora esteja em lágrimas em meu íntimo!

Sei de minha condição de *morto* há bom tempo, assim como sei a causa desse meu problema: fui uma pessoa muita falsa. Um interesseiro. Visava subir na vida e, para isso, pagaria todos os preços, desde que mantendo as aparências, obviamente. Delatei colegas de trabalho, visando melhorar minha imagem junto a chefes, que os puniam enquanto eu fingia me solidarizar com suas dores. Chorei junto a pessoas sem elas desconfiarem ser eu o causador de suas lágrimas. Culpei inocentes, sendo impressionantemente convincente em meus testemunhos. Furtei e acusei outrem.

Quando fui pego em algum delito, debulhei-me em lágrimas, mentindo razões para o deslize, comovendo quem meu ouvia. Enfim, minha face dificilmente refletia meu íntimo. Era lobo, sempre escondido no cordeiro. Certa vez, após iludir mais alguém, chamei a mim mesmo de *mil faces*. Na época, acabei gostando desse apelido, ele me massageou o ego. Passei a usá--lo. Era só aprontar alguma e já me repreendia vaidosa e sarcasticamente dizendo "que feio, *mil faces!*". E assim segui, assumindo prazerosamente essa minha identidade íntima. E um dia *morri*, vitimado por um AVC. Quando recuperei minha consciência, saí andando pelo mundo, já refém dessas máscaras. Há muito tempo estou assim! Até mesmo quando consigo dormir um pouco, acabo sendo despertado pela movimentação abrupta e involuntária de meu rosto! Outros Espíritos zombam de mim, colocando-me apelidos; alguns são violentos... Esse é o inferno que vivo! Vocês podem fazer alguma coisa por mim?

Foi acolhido, permanecendo no ambiente espiritual da Casa para ser tratado.

Nesse caso, vemos a autossugestão, pela qual a própria criatura moldou em seu perispírito seus desvios morais, representados por torturantes máscaras que refletiam sua falsidade no trato com as demais pessoas. Pagava o preço, gravando no *psicossoma* –

especificamente no rosto, *ferramenta* pela qual enganava tanta gente – o resultado de seu campo mental.

Também ouve um Espírito feminino que chegou em uma maca, trazido pelos *bombeiros do resgate* – conforme nos informou ao chegar –, com fratura exposta nos dois braços e pernas. Chorando apavorada, a mulher pensava estar dando entrada em um hospital. Não passava por sua cabeça que o acidente tivesse ocasionado sua desencarnação, afinal, respirava, estava muito nervosa, sentia o coração acelerado, tremia e tinha muita dor. Julgando-nos da equipe de enfermagem, solicitava medicação anestesiante, além de médico ortopedista para cirurgia imediata. Não perguntamos como havia sido o acidente, apenas confirmamos suas impressões: estava em um hospital, estávamos ali, os enfermeiros, e o ortopedista seria imediatamente chamado. Receberia a medicação para o combate às suas dores e seria conduzida ao interior do *hospital* para ser internada e receber o devido tratamento.

Já em seu caso, as dolorosas e *visíveis* fraturas eram sentidas por conta de sua desencarnação recente e abrupta, na qual seu perispírito, ainda impregnado das sensações da matéria, era visto exclusivamente como corpo físico, matéria densa, carecendo, com isso, de procedimento médico emergencial como se realmente fosse de *carne e osso*.

São tantas as situações envolvendo perispíritos deformados...

Mas voltemos agora ao homem decapitado.

– Vocês podem ou não me operar e recolocar minha cabeça no pescoço?

Embora sua situação exigisse interferência abalizada de médicos espirituais, não possuía necessidade imediata de socorro, pois o homem, havia muito tempo, já estava acostumado com a funesta rotina de levar nas mãos a própria cabeça – o que não quer dizer que essa situação não devesse ser amparada, é claro. Assim, com o final do atendimento já previsto em nossa mente – permaneceria ele na Casa para ser auxiliado –, resolvemos estender um pouco mais a conversa para, com ética e respeito, buscarmos alguns detalhes de sua situação, visando algum aprendizado que pudesse nos ser útil futuramente. Arriscamos:

– Esta Instituição poderá ajudá-lo, sim, meu senhor. Mas, antes, sendo de sua vontade responder ou não, há quanto tempo está desse jeito?

– Sem cabeça? – perguntou, rindo. – Há muito tempo!

– E imagino ter tentado várias vezes colocá-la de volta...

– Sim! Tentei eu mesmo firmá-la uma infinidade de vezes, tentei arrumar alguma cola, mas nada.

– Procurou, nesse tempo todo, algum auxílio externo?... Pessoas?... Algum lugar?...

– Teve uma vez que os homens de roupas esquisitas me ofereceram ajuda se eu os auxiliasse. Eu deveria assustar outros *mortos*, dizendo-lhes que ficariam como eu caso não obedecessem àqueles que estavam ali fazendo acordo comigo. Depois de um certo tempo assustando essa gente, eles ajeitariam minha cabeça, tinham poder para isso – foi o que disseram. Topei! Não tinha nada a perder mesmo! Então, fui levado até as *terras* deles e lá eu amedrontava os que iam chegando, *morridos* de pouco, que acabavam indo parar naquele lugar por não prestarem lá muita coisa. Fiz isso por um bom tempo... Até que esse tempo, conforme nosso combinado, chegou ao fim. Mas quem disse que eles cumpriram com a parte deles? Só não briguei sério porque sabia que levaria a pior. Eles faziam umas coisas que eu não entendo, umas magias, uns negócios... Deixei quieto e fugi de lá. Depois, fui procurado por outro. Esse me convidou para trabalhar assustando os *vivos*. Disse que me pagaria com comida da boa, cerveja e cachaça. Topei de novo. Fiquei uns tempos, até que começamos a perturbar uma família que parecia boa, que tinha até duas crianças. Comecei bem, mas, com o passar dos dias, fui desgostando daquilo. Pulei fora! Aí não! Se fosse para atazanar quem não vale nada ainda vai, mas gente direita, não!

– Ah, percebi agora que você sabe da sua situação de desencarnado.

– Você diz *morto*?

– Pode ser.

– Sei! Faz tempo!

– Isso ajuda.

– Eu sei que você é *vivo*. Só que, como me falaram que aqui neste lugar se conversa com Espíritos, eu pensei que também enxergassem!

– Mas tem alguns que realmente enxergam, eu é que não enxergo.

– Ah, então está certo. Bem, como eu ia lhe dizendo, *ceguinho*, confesso que nunca fui *flor que se cheire*. Mas não quero mais prejudicar ninguém. Já fui muito ruim neste mundo. Até já matei! Porém, era gente ruim que nem eu mesmo, morria eu ou morriam eles. Matei até que um dia morri. Arrancaram minha cabeça. Cheguei a ir atrás do meu assassino, cheio de ódio, para atormentá-lo, e fiz isso. Mas eu era só mais um! – disse, rindo. Tinha um monte *de Espírito ruim* em volta dele, *tudo* querendo sua *morte*! Aí ele foi ficando doente, caiu de cama, ficou seco...

No começo, gostei, mas depois fiquei até com dó! Saí de lá. Depois disso, fiquei vagando pelo mundão, tentando achar quem me ajudasse. E com isso, mundo afora, fui vendo muita coisa ruim, sabe? Muito sofrimento. Mas também vi coisa boa, gente boa, entende? Aí mudei um pouco. Continuo corajoso como sempre, sem medo de nada, mas já não sou violento, pelo menos não como era. Só que já estou cansado. Ah, quero pedir desculpas... Acho que fui grosseiro com você no começo da nossa conversa. É a canseira!

– Não se preocupe, meu amigo! Está tudo certo!

Resolvemos, então, encerrar nossas perguntas. Explicamos a ele o funcionamento da casa espiritual e o encaminhamos aos atendimentos invisíveis. Ele se despediu, esperançoso.

Quanto tempo ele vagou pelo mundo até chegar ali? Quantos anos exatamente? Provavelmente o número nos assustaria. Mas bem diz o ditado: *tudo a seu tempo!* Ele deve ter feito por merecer o auxílio, o que não ocorreria enquanto estivesse embrutecido. Ele deve ter *penado* uns tempos por conta dos assassinatos que cometera. Foi necessário que carregasse a própria cabeça por haver *lutado e morrido pela espada*, tendo, enfim, que se melhorar pelo sofrimento. Então, quando alcançou as condições minimamente necessárias, foi convidado a adentrar a Casa Espírita.

Dias depois, perguntamos a um dos trabalhadores invisíveis sobre o possível tratamento junto a esse decapitado, e fomos informados de que ele permaneceu alguns dias no ambiente espiritual da Casa, seguindo, após, para um hospital na Espiritualidade. Seu tempo havia chegado.

Aos menos afeiçoados aos estudos espíritas, talvez esses casos de deformação perispiritual os tenham surpreendido. Não é por menos, pois comumente o homem não sabe das propriedades contidas no perispírito, dentre elas a *plasticidade* – capacidade de se moldar em conformidade à vida mental sustentada pelo Espírito ao qual reveste.

Trocando em miúdos, o perispírito, ou *psicossoma* – veículo ultrassensível –, expressa, em sua aparência, o resultado de tudo aquilo que vai no íntimo da criatura, seu apego à matéria, seus sentimentos, seus remorsos, suas qualidades, seus medos, seus vícios...

Ou seja, o resultado do campo mental lhe define a aparência.

A Doutrina Espírita tem tratado do assunto desde sempre. A seguir, pinçamos alguns trechos a respeito, extraídos de obras de vulto de sua literatura:

"Todas as alterações que apresenta [o perispírito], *depois do estágio berço-túmulo, verificam-se na base da conduta moral da criatura (...)."*[15]

104

O perispírito pode ser entendido como *"aparelhagem de matéria rarefeita, alterando-se de acordo com o padrão vibratório do campo interno. (...) Ele subsiste além do sepulcro, demorando-se na região que lhe é própria, de conformidade com seu peso específico."*[16]

Sobre o desencarnado que esteja em aflição por conta de suas deformações, seus *"sofrimentos resultam dos laços que ainda existem entre o Espírito e a matéria e que, quanto mais se liberta da influência da matéria, quanto mais se desmaterializa, sofre menos as sensações penosas.*

Assim, visando diminuir sofrimentos futuros, além de possíveis deformações expressas em seu perispírito, que *"(...) Dome ele suas paixões animais, não sinta ódio, nem inveja, nem ciúme, nem orgulho; não se deixe dominar pelo orgulho e purifique a sua alma pelos bons sentimentos, que faça o bem e (...), então, mesmo estando encarnado, já estará depurado, liberto da matéria, e, quando deixar seu corpo, não mais lhe suportará a influência."*[17]

7

Sexo malconduzido

*"... há muito tempo não se vestia, nem parava
em casa, mas habitava no cemitério."* Lucas 8:27

Um dos médiuns, dotado de vidência, relata-va-nos o que via naquele momento:

– É um homem. E está sofrendo muito. Ele não usa roupas da cintura para baixo e tem uma deformidade no órgão genital.

Em instantes, ouvíamos o desencarnado:

– Preciso de ajuda! Não aguento mais seguir assim! Estou cansado demais... Nem lágrimas tenho, parece que se esgotaram. Só ficaram a tristeza, a humilhação e a dor. Sem falar nos momentos de loucura, quando tampo os ouvidos e saio gritando, rolando pelo chão, desesperado ao ouvir gemidos insinuantes ou dolorosos, enquanto tudo se derrete em minha volta.

Sofro assim há décadas, padecendo sozinho nos últimos tempos. Por favor, não me neguem ajuda! Se este lugar é realmente de Deus, que Ele me ampare! É só o que peço!

– Meu irmão, *qual o pai de entre vós que, se o filho lhe pedir pão, lhe dará uma pedra? Ou, também, se lhe pedir peixe, lhe dará por peixe uma serpente?** É claro que o Pai irá acolhê-lo! Você é como o filho pródigo, que retorna esgotado em busca do velho lar, encontrando-o aberto para recebê-lo!

– Agradeço muito!

– Agradecemos todos ao Pai!

– Muito obrigado! Agradeço não só por me receberem, mas por me tratarem com respeito. Respeito que me devotam desde o instante em que aqui adentrei, há algumas horas. Ninguém zombou de minha horrível aparência, tampouco me condenaram.

– Certa vez, estendendo a mão à mulher adúltera, depois de ver todos os demais homens baterem em retirada, o Mestre perguntou a ela: "alguém te condenou?", e ela respondeu: "ninguém, Senhor"! Ele encerrou afirmando: "Nem eu te condeno!"

---

* Lucas 11:11

E qual o pai de entre vós que, se o filho lhe pedir pão, lhe dará uma pedra? Ou, também, se lhe pedir peixe, lhe dará por peixe uma serpente?

– Que bonito isso!

– Tampouco temos o direito de zombar de qualquer pessoa. Sobretudo quando sabemos que o único verdadeiramente são que já esteve entre nós foi o Cristo. Nós – seus irmãos menores e vacilantes – ainda somos *cegos, coxos, mudos* e *surdos*...

Essas *deformações* são visíveis em alguns de nós; em outros, elas se escondem interiormente. Elas podem ser volumosas ou exíguas, e também múltiplas ou apresentar-se em poucas quantidades. Alguns já estão se libertando, enquanto outros ainda se comprazem nelas. Verdadeiramente saudável, só Jesus! Que nos convida a detectarmos e tratarmos nossas *deformações*, indicando-nos o melhor tratamento para erradicá-las: a vivência evangélica.

– Acho que compreendo.

– Pois, então, seja bem-vindo a esta Casa, meu irmão! Esteja certo de que, sendo essa realmente a sua vontade, uma nova fase de sua vida se inicia hoje!

– Estou certo, sim! É isso que busco!

– Que bom! Vamos lá! Agora, então, você será conduzido, por um dos trabalhadores daqui, até o setor adequado para o seu descanso e tratamento.

– Muito agradeço! Mas, antes, se você me permitir, gostaria de contar um pouco de minha história.

108

– Sim, é claro! Havíamos imaginado, por conta de seu abatimento, que não seria de seu interesse uma conversação neste instante, por isso não o convidamos a falar. Erro nosso, perdoe-nos!

– Por favor, não me peça perdão. Não é necessário. Agradeço-lhe por sua intenção de me resguardar. Eu também não tinha nenhuma intenção de falar a meu respeito, mas esse desejo foi surgindo enquanto conversávamos... Não sei ao certo como, mas me sinto estimulado a narrar um pouco de meus desenganos. Penso que isso me será positivo. E também já peço desculpas de antemão caso tenha algum ataque de loucura. Ele passa rápido.

– Não se preocupe com isso, não há problema algum. Quanto a falar, se você sentiu esse desejo é porque isso lhe será realmente benéfico. Por favor, esteja à vontade! Fale o que lhe pede o coração!

Um silêncio curto foi necessário para a organização de suas lembranças, e ele iniciou em seguida:

– Eu vivi para o sexo. Não tinha outra coisa em minha mente. Ainda muito jovem, passei a colecionar revistas, brinquedos e outros artefatos sexuais. Passava o dia pensando a respeito, buscando imagens de nudez e conversas afetadas com alguém. Não tinha amigos nem era muito sociável. Mas, como os iguais se atraem, acabei encontrando alguns como eu – embora eu fosse o mais desajustado. Nesse tempo as coisas ficaram ainda mais inflamadas por conta de minha primeira experiência sexual, e fui morar com um casal mais velho, com o qual já mantinha alguma intimidade. Ninguém trabalhava, a casa era bagunçada e o casal vivia de pequenos bicos e prostituição. Com o passar do tempo, entrei no esquema deles. Também nessa época acabei conhecendo e me apaixonando por uma moça que vinha usar drogas naquela casa. Em poucas semanas, fomos morar juntos em outro bairro, mas ela não suportou os meus desatinos, abandonando-me em menos de um ano. Os ganhos eram mínimos, e mais me prostituí, tendo muitos parceiros, desregradamente, tanto homens quanto mulheres. Nesse período, também passei a estimular a prostituição em minha própria residência. Recolhi algumas meretrizes como minhas escravas, e elas me serviam de todas as formas, inclusive com dinheiro, nas comissões combinadas anteriormente. Fui me tornando violento, adquiri uma arma, usava drogas, ameaçava vizinhos, bebia e abusava de jovens que, por curiosidade, adentrassem em meus domínios. Estava enlouquecendo, o que não chegou a acontecer porque *morri* antes. Um resfriado acabou se complicando e, em pouco tempo, acabei morrendo sozinho em um hospital. Só aqui, no *mundo dos mortos*, tempos depois, soube ter morrido em decorrência da AIDS – que eu nem conhecia, muito menos imaginava ter. Isso aconteceu em meados dos anos 80.

Por conta do cansaço, o Espírito precisou de mais um intervalo. Seguiu, após:

– Assim que *morri*, fui atraído a uma espécie de *inferno do sexo*. Com a mente muito perturbada, doente e fraco, ainda tentei prosseguir com meus costumes esdrúxulos, mas isso não era mais possível por conta da dor, consequência da deformação ocorrida no órgão da virilidade e, sobretudo, pela loucura que me acometera. Existiram situações em que essa loucura perdurou por semanas a fio, conforme me contavam os que por lá viviam, quando eu retomava alguma consciência. Então, inútil, comecei a sofrer nas mãos de sádicos muito piores do que eu. Não tendo mais nenhuma satisfação, senão dor – muita dor! – fui aprisionado. Escravizado junto a tantos outros, vivia em calabouços imundos e fedorentos. E também era trazido vez ou outra, doente e a contragosto, aqui *para cima*, para ser deixado ao lado de alguma pessoa *viva*, por algum tempo. Vi que, independentemente do quanto eu os influenciava, havia sintonia da parte deles em relação a mim.

Essa era minha vida. Vivia assim, preferindo não existir, torcendo para um dia vir a diluir, a derreter, a perder definitivamente a consciência... Mas nada! Continuava vivo! Até que um dia, por conta de um descuido da parte dos algozes, consegui escapar, acompanhado e auxiliado por outros prisioneiros. Então, solto novamente aqui em *cima*, embora ainda muito fraco, passei a vagar por este mundo entre momentos de razão e loucura. Não sei ao certo por quanto tempo vaguei e continuava a sofrer violência. Apanhava e era arrastado por bandos. Agredido por uns e acusado por outros. Até que, em certa tarde, ao me ver defronte de um cemitério, resolvi adentrá-lo em busca de sossego. Tive um sossego relativo. Haviam muitos loucos, quase como eu mesmo, às vezes violentos, mas também boas criaturas, e elas sorriam e conversavam comigo. Sentia-me menos fragilizado nesses momentos. Até que hoje apareceram por lá alguns trabalhadores espirituais desta Casa, convidando-me para vir com eles. Percebi honestidade e os acompanhei, melhor dizendo, fui por eles sustentado para poder chegar aqui. Acomodaram-me carinhosamente, pois mal paro em pé, e me pediram que aguardasse, pois eu conversaria com alguém dali a algumas horas. Quando esse nosso momento foi iniciado, uma emoção diferente tomou conta de mim. Então, pedi-lhes auxílio, e aqui ainda estamos. Sou praticamente um louco, tenho terríveis dores de cabeça, cegueira momentânea, e essa deformidade que permanece todo o tempo infeccionada. Tem dias que só de *respirar* já sinto dores. Por causa disso, nem roupa, cintura abaixo, posso usar. Eu não tenho mais desejos dessa natureza, juro a vocês! E me arrependo da vida levada! Mas queria não ter mais dor, não ter mais momentos de loucura nem viver exposto ao ridículo! Então, muito agradeço a vocês pelo auxílio que me oferecem!

– Agradeça ao Pai, meu amigo! Ao Pai e a Jesus!

– Sim!... Mas, antes de me despedir, ainda tenho uma pergunta.

– Pois não. Se tivermos capacidade para respondê-la, não hesitaremos em fazer isso.

– Por que tinha eu toda essa loucura pelo sexo? A maioria das pessoas não é assim! Eu nasci para ser um pervertido?

– Não. Não há uma só criatura que nasça predestinada ao crime ou ao desvario moral. Todos os nossos desvios morais são resultados de nosso livre-arbítrio. Não devemos confundir os acontecimentos materiais da vida com os morais. Na vida material, podem estar previstas ocorrências variadas, sempre interessantes ao nosso crescimento espiritual; nas questões morais, não – não há fatalidade, e sim consentimento.[18] Sendo assim, podemos deduzir que você trazia esse apego ao sexo já de encarnações anteriores. Desajustara-se nesse desregramento e, por isso, teve nova oportunidade para combater e vencer essa nociva tendência.

– Mas era impossível combatê-la!

– Não, meu irmão. Não existe arrastamento irresistível. Para as provas morais e tentações, é sem-

113

pre o Espírito que decide ceder ou resistir.[19] Certo é que, quão maiores os desajustes morais, mais dura a reencarnação, maiores renúncias ela pedirá, devendo ser encarada, então, como bendita reeducadora. Pensemos, meu amigo: onde estaria o amor do Pai por nós caso Ele nos enviasse à reencarnação sem termos condições mínimas de vencê-la? Ele estaria sendo muito injusto, não é mesmo?

– Sim. Entendo. Errei por minha conta. E realmente não me faltaram exemplos e conselhos... vindos de minha mãe – disse tristemente.

– Erramos por nossa conta, mas, para corrigirmos o erro, dispomos do auxílio do Cristo. Todos nós!

Ele concordou com a cabeça.

– Além do mais, lembremos que um futuro glorioso nos foi projetado por Deus! E que chegaremos todos a esse futuro, mais cedo ou mais tarde! Somos indestrutíveis! E o Pai, que é todo amor e compaixão, sempre nos dá novas oportunidades para nos aperfeiçoarmos.

Depois de refletir, por uns instantes, no que ouvia, perguntou-nos, temeroso:

– E se errarmos de novo? E se errarmos para sempre?

– Tenha em mente que, a certa altura de nossa

existência, cansamo-nos da vida levada às avessas do que é correto e passamos a trilhar um caminho de volta. Temos em nós o carimbo divino, e, por mais que teimemos em encobri-lo, ele continua lá, garantindo a nossa origem sagrada, garantindo o nosso retorno. Ainda bem, não é? Assim, não se aflija com relação ao futuro. Busque, agora, o tratamento, o alívio, sua melhora! Saiba que o pior já passou! Você não estará mais sozinho pelas ruas, terá amigos e recursos para melhorar! Será conduzido a excelente estância para receber tratamento e, quando estiver recuperado, no futuro, trabalhará para Jesus, auxiliando os que mais sofrem! Nesse novo tempo, sentirá a felicidade genuína, proporcional à paz gerada aos sofredores que vier a assistir! Por meio do serviço com o Mestre, fortalecerá suas fibras morais para que, ao reencarnar, tenha firme bagagem moral para suportar e vencer as velhas inclinações malsãs. Não sabemos agora se seu retorno à carne será mais rápido, por conta de suas necessidades, ou trabalhará mais tempo na erraticidade, antes de voltar... Saberão isso os benfeitores no correr do tempo. Seja como for, tudo se dará visando seu bem! Deus é Pai, meu irmão! Venceremos todos!

– Sim... Quero me recuperar bem e, então, fazer algo de útil para Deus!

– Assim será!

– Sinto-me aliviado, e as dores estão sendo abrandadas. Agora, tenho de ir, pois me chamam.

– Vá sim, meu irmão! Seu tratamento o espera. Sua nova vida o chama.

Partiu.

Ao término dos trabalhos, enquanto saíamos à rua, um dos companheiros nos propôs uma questão:

– Estive pensando cá comigo: como se refletirá em nós, Espíritos ainda distantes da angelitude, a questão dos desejos sexuais na Espiritualidade? Sei que cada caso é um caso, e as situações graduam-se ao infinito, então não me refiro aqui àqueles que sujam esse *rio*, viciados na sexualidade sem regras... Estou me referindo ao homem fiel, comprometido com sua companheira, contudo ainda apegado ao ato sexual. Digamos que ele desencarne antes dela, ainda relativamente jovem, como fará em relação a esses desejos já que, repito, embora tenham sido corretamente vividos, bem conduzidos, continuam sendo desejos? A desencarnação não nos transforma em anjos, não é? E aí?

– Realmente, a desencarnação não nos transforma em anjos, mas nos dá aquilo que realmente merecemos. Nesse assunto, André Luiz, em *Evolução em Dois Mundos,* afirma que o centro genésico do desencarnado, quando este soube sublimar o amor enquanto esteve no corpo físico, vivendo em comunhão de almas no matrimônio divino, sofre transformações fundamentais, gerando novas fórmulas de aperfeiçoamento e progresso para o Espírito.[20] Lembremos que *genésico* vem de *gênese:* origem dos seres, ou seja, nossa força sexual, força criadora por excelência, tem sua sede nesse centro. Resumindo, após a desencarnação, o apetite sexual conforme o conhecemos, presente em nosso psiquismo e representado por esse centro de forças, é convertido em impulsos outros, sempre interessantes para o progresso do ser, desde que – é claro! – seja conduzido nobremente nessa esfera sensual.

– Deixa-me ver se entendi: o desejo sexual vai se amenizando... ou melhor, transformando-se em algo que não nos perturba, e que, ao contrário, ajuda-nos. É isso?

– Sim, conforme nos explica André Luiz.

– Interessante! E como o órgão genital desse irmão se deformou tanto assim?

– Isso se deu por inundação vibratória doentia, que da mente foi lançada ao perispírito, instalando-se no centro genésico. Preferindo ele viver nas faixas da perversão, foi poluindo, com o passar do tempo, esse *chakra* – palavra de origem sânscrita, que quer dizer *roda*. Com isso, foi desonrando suas nobres funções, desregulando seriamente seu funcionamento natural, puro. Consequentemente, desfigurou seu órgão representante. Dedicando sua genitália unicamente à luxúria, elegendo-a como símbolo de seus prazeres mórbidos e crimes de abuso, acabou por adoecê-la, encharcando-a de *bacilos psíquicos da tortura sexual*[21], desarmonizando-a severamente em sua anatomia. Agora veja: o resultado desse seu medonho desvio moral não chegou no corpo físico, talvez chegasse futuramente na forma de alguma moléstia classificada pela nossa medicina... ou não – cada caso é um caso; contudo, esse desvio foi implacável no corpo perispiritual, veículo muito maleável, dócil às atividades mentais do Espírito.

– Sim. Como é perigosa a força sexual mal dirigida!

– Disse bem: o perigo é a direção que damos a ela, não ela em si mesma. Livros espíritas afirmam ser ela uma força propulsora da vida. Muito além de representar unicamente um canal reprodutor no mundo físico – embora seja isso também divino –, é manancial de equilíbrio e bem-estar à alma. Quando conduzida honrosamente, em sua sagrada intimidade, essa força propicia a troca de benefícios vibratórios, e cada parceiro oferece ao outro o seu melhor no tocante aos sentimentos. É algo transcendente! Excelso!

– Que beleza! Uma pena a humanidade ainda tratar e viver o sexo de modo tão primitivo...

– E recolhendo, com essa vivência equivocada, graves resultados a si mesmo! Em *No Mundo Maior,* também de André Luiz, há um capítulo exclusivo tratando do assunto. Um sábio benfeitor espiritual afirma que, nas causas da loucura, tanto em encarnados quanto em desencarnados, a ignorância em relação à conduta sexual é dos fatores mais decisivos. Olhe bem: homens e mulheres, tanto *aqui* quanto *lá*, enlouquecidos pelo desequilíbrio sexual![22]

– Foi o que mais ou menos aconteceu com esse Espírito que se comunicou por último, de quem estamos falando...

– E o problema está em retardarmos essa marcha insistindo nas sensações sexuais primitivas, que há muito já poderiam ter sido superadas.

– Sim!

– E observe que falamos *superadas*, não *destruídas*. No caso do instinto sexual, ele não é destruído à medida que o Ser evolui, mas, sim, transmuta-se até alcançar a sublimação total.23

– E isso é muito lógico, não é?

– Sim! Bendita a literatura espírita que, partindo naturalmente de Kardec, tanto nos informa, abrindo nossa visão!

– Com certeza! A Codificação está aí e deve ser estudada constantemente... Livros não nos faltam!

– Ninguém mais pode alegar ignorância!

8

A MÃE HOMICIDA

"... dali não sairás enquanto não pagares o último ceitil." Mateus 5:26

UMA DAS INTEGRANTES DE NOSSO GRUPO MEDIÚNICO nos contou estar regularmente enxergando, em seu local de trabalho, dois Espíritos, especificamente um casal de idosos. Como seu ambiente de serviço, hoje voltado ao comércio, está instalado em antiga residência, imaginava ela se tratarem dos antigos moradores e proprietários da casa.

Dizia vê-los geralmente na cozinha, a senhora à pia e o senhor sentado à mesa. Também já cruzara com a senhora próximo ao banheiro, e com o senhor em um cômodo mais ao fundo, onde hoje é um almoxarifado, e acreditava que, pela ordem dos cômodos, provavelmente fora ali um quarto. Afirmava também a jovem não ser por eles percebida, como se a invisível fosse ela, ou melhor, todos os encarnados dali, já que houve situação em que enxergou os velhinhos em meio a alguma agitação promovida pelos encarnados, e isso em nada os perturbou. Ao que tudo indicava, vivia o casal de idosos sustentando inconscientemente uma *realidade falsa*, na qual se viam no velho lar, levando a vida de sempre, ignorando, por mecanismos psicológicos a serviço dos desejos – mesmo os inconscientes –, a verdade, ou seja, sua situação de desencarnados. Os dois velhinhos repeliam essa verdade de modo tão profundo, que sequer percebiam a considerável alteração no mobiliário – agora comercial –, a mudança estética do ambiente e ainda – o mais impressionante! – a presença e a conversação volumosa de encarnados no interior da propriedade. Certamente ainda viam os antigos móveis da sala dispostos como em sua época, reconheciam-se entre os eletrodomésticos na cozinha e se recolhiam ao velho quarto para dormir na cama de sempre.

Como isso é possível? Por meio da força mental voltada à criação, força essa da qual não fazemos senão uma ideia muito pobre, distante daquilo que seja sua total capacidade. E nos esclarecem os benfeitores espirituais ser essa força criadora ainda mais pujante quando movimentada pelo desencarnado, visto não haver mais nele as limitações naturais impostas pelo corpo físico. Existindo simplesmente uma robusta vontade, mesmo sendo essa inconsciente, pode o Espírito *construir* e *sustentar* um *pequeno mundo* ao seu redor, por tempo indeterminado, enquanto essa vontade viger.

Falamos a respeito disso tudo à nossa amiga de grupo mediúnico, pedindo-lhe, ao final, o exato endereço do referido prédio para colocá-lo na folha de pedidos.

Às vinte horas, como sempre, começamos a jornada com Jesus, sentindo-nos honrados por fazer parte de tudo aquilo, mesmo sendo ínfimo o nosso papel, e certos de que muito mais receberíamos do que doaríamos. Assim, na segunda parte dos serviços, iniciamos as conversações com os desencarnados. E, após duas comunicações mais claras e simples – porém não menos dignas de toda nossa atenção e respeito! –, a terceira se iniciou intrigante, imprecisa, a distância...

– Nossa! Como você entrou aqui? E o que quer? – questionava o Espírito em baixo volume, com preocupação, mas sem qualquer nota de revolta.

– Desculpe-me. É que gostaríamos de conversar um pouco.

– Eu não posso conversar! Meu marido está

viajando a trabalho! E não posso receber outro homem aqui em casa sem a presença dele!

Era mulher. E ela não tinha vindo até nós na Casa Espírita, mas, sim, nós havíamos *ido* até ela.

Como isso foi possível? Pela projeção da nossa imagem até a casa onde ela se encontrava – os recursos de que dispõe o Bem para atender adequadamente os serviços, no correr do trabalho mediúnico, são impressionantes! Ligações a distância, projeções, desdobramentos, telas espirituais... Tudo isso movimentado em nome do amor ao próximo!

"Mas e as ligações com a médium que a recebia naquele momento?" – podem indagar alguns. "Essas poderiam se dar a distância?" Sim! A princípio, sintonia não exige proximidade. *O Livro dos Médiuns* nos fala que há casos em que a presença de médium e Espírito no mesmo ambiente não é necessária.[24]

Voltemos ao diálogo. Certos de que não há acaso nos atendimentos mediúnicos – e mesmo aqueles inesperados e imprecisos para nós, médiuns, já eram, de algum modo, previstos para a Espiritualidade –, buscamos manter o vínculo com a desencarnada:

– Minha senhora, é com muito respeito que a procuramos em sua respeitável casa. Entendemos seus cuidados e precauções com o fato de ser visitada por outro homem enquanto se encontra sozinha, mas o fazemos por uma causa nobre. Vamos explicar: nossos superiores, responsáveis pela segurança da cidade, sabendo que a senhora tem estado sozinha enquanto o marido trabalha em outro local, ordenaram-nos que a visitássemos a fim de averiguar se tudo corre bem, se a senhora está segura, se necessita de algum auxílio, seja ele qual for. Por isso, a nossa presença aqui.

– Ah, entendo... Agora entendo... Desculpe-me se fui um pouco rude, mas tive receio – falou amigavelmente.

– Não houve nenhuma rudeza de sua parte, não há razões para se desculpar. Não se preocupe.

– Decerto foi meu marido quem avisou a segurança, não? Senão, como vocês saberiam dessa minha condição?

– É bem provável, minha senhora.

Ao terminarmos essa fala, uma segunda médium – justamente a jovem que nos contou a respeito dos idosos desencarnados – informou-nos, sussurrando:

– Ela está no prédio onde eu trabalho.

Entendemos – seria ela a senhora idosa. Mas onde estaria o marido? Teria *viajado*? Pensávamos em algo para dizer quando o Espírito deu andamento ao nosso diálogo, afirmando:

– Pois avise aos seus chefes que estou bem. Está

tudo seguindo tranquilamente. Sinto-me um pouco sozinha, é verdade, mas a vida é assim mesmo, não é?

– Pois é... E a senhora não teme ficar sozinha?

– Já temi. Agora já me acostumei. É a realidade do casamento. Nos devaneios da adolescência, esperamos no matrimônio um mundo eternamente rosa... Esperamos viver na terra da fantasia... Mas é longe disso.

Tentando romper com a melancolia lançada ao ambiente por sua fala, recorremos ao bom humor:

– Assim a senhora me assusta! Eu não tenho décadas de casado como a senhora, mas até agora meu matrimônio segue uma beleza!

– Décadas de casada? Que equívoco esse seu! Meu casamento nem tem uma década! Estaria eu, por acaso, com o semblante de uma idosa? Pois saiba que imagino, pela sua aparência, termos até a mesma idade!

Que surpresa a nossa! Imaginávamos conversar com a idosa, momentaneamente afastada do marido, mas não era ela! Quem seria essa outra mulher?

Então, a jovem médium vidente nos sussurrou outra vez:

– Ela está na residência que fica em cima do escritório onde trabalho. Lá é um sobrado.

Realmente não era a idosa. Estava explicado.

Batia o endereço, não o *destinatário*. Prosseguiríamos a conversa, cientes de que falávamos com uma esposa à espera do marido, cabendo-nos desvendar o que haveria por detrás dessa espera a ponto de retê-la, mesmo já desencarnada, em *casa*, aguardando, desiludida...

Retomamos a conversa:

– Mil desculpas, minha senhora! É a miopia! Que vergonha! Estes óculos já não estão dando conta, preciso alterar seus graus...

– Não há problema. Mas esteja atento em uma próxima vez. Idades calculadas acima da real acabam com a mulher!

– Estarei atento.

– Tudo bem. Mas como eu dizia, tudo está em ordem por aqui.

– Certo. Passarei isso aos meus superiores. Mas antes preciso informá-la de que hoje em dia dispomos de um agradável ambiente, aqui próximo, voltado a acolher senhoras casadas que estão à espera do marido em serviço. Não sei se sabe, mas há um considerável número de cidadãos nossos trabalhando municípios afora, os quais, preocupados com suas esposas, pediram a criação de um local em que elas pudessem ficar juntas, em companhia umas das outras.

– Não sabia disso. Meu marido nunca disse nada a respeito.

– É porque, quando ele partiu, provavelmente o lugar ainda não estava em pleno funcionamento.

– Compreendo.

– Então também estamos aqui para convidá-la a conhecer esse lugar. Veja, não é preciso que se mude totalmente para lá, pode apenas pernoitar, afinal, os maiores receios surgem durante a escuridão noturna, não é?

Nosso objetivo era tirá-la, por um pouco que fosse, daquela residência, pois com certeza havia muito ela se mantinha ali, dificultando com isso o seu próprio *despertar*. Deixar aquele local era um primeiro e importante passo para se desprender intimamente dessa *falsa realidade* de *viver em casa aguardando o marido*. E esse lugar que a convidávamos a conhecer era, na verdade, o Centro Espírita em seu ambiente imaterial. Local apropriado para acolhê-la.

– Sim, realmente – respondeu. – À noite, as coisas ficam mais difíceis.

– Então, aceita nosso convite?

– Não, não posso aceitá-lo.

– Mas, minha senhora...

– Não aceito e vou lhe explicar a razão: não posso deixar meu filho.

– Seu filho? Achei que estivesse sozinha!

– Bem... Estou e não estou.

– Como assim?

– O que vou lhe contar é algo que ninguém sabe, nem pode saber. Conto com sua discrição a respeito. É que preciso contar a alguém, mas como ninguém vem me visitar...

– Pode nos dizer o que se passa, minha senhora. E esteja certa de nossa reserva.

– De algum modo, sinto poder confiar em você. Bem... – suspirando – Não posso sair daqui porque não consigo me afastar do bebê. Ele chora quase o tempo todo, e isso me aflige!

Ao falar disso, começou a chorar. A partir dali, as lágrimas entrecortariam suas palavras.

Que bebê seria esse? – pensávamos. Algum bebê encarnado, vivendo no local com seus pais? Estávamos confusos, mas confiantes... Esperávamos por mais informações. E elas vieram:

– Ele não chora alto, é chorinho fraco de recém--nascido, mas temo que alguém possa ouvir.

– Mas qual o problema de alguém ouvir? Não entendo.

– É porque ele não pode ser notado!

– Ele está aqui escondido? É isso?

– Ele deveria estar quieto, pois eu tive que matá-lo!

– O quê? Como assim? – questionamos, muito surpresos.

– Deus sabe que não o fiz por mal! Mas não havia como ficar com ele! – caindo, agora, em pranto convulsivo.

Uma pausa se fez necessária. Aguardamos em oração silenciosa, enquanto ela chorava dolorosamente. Após uns instantes, um pouco mais calma, seguiu:

– Meu marido foi viajar e eu já estava grávida sem saber, de poucos meses. Ele não queria ter filhos de jeito nenhum, ao menos não naquele momento. Mas não sei o que aconteceu, os métodos falharam, e eu engravidei. Como meu marido é homem genioso, e provavelmente não me perdoasse, resolvi me esconder durante toda a gestação, aflita. Isso não foi muito difícil, não tenho amigas – meu marido não permite – tampouco parentes dados a visitações. Quando era fundamental minha saída para algum lugar, recorria a roupas largas e blusas longas e pesadas. Quando começou a ficar difícil esconder a barriga, combinei com o dono da mercearia, sob pretexto de probleminhas outros de minha saúde, o envio semanal de seu menino-ajudante até minha casa, para que ele recolhesse meus pedidos e, depois, voltasse para entregá-los.

Assim, não saía mais de casa para nada. Pensava constantemente em abortar, mas não tinha coragem e, além disso, não saberia a quem recorrer para me auxiliar. Então, a gravidez correu. Chegou o dia do parto. E eu tive o filho sozinha aqui. Quando mais nova, havia ajudado uma vizinha parteira em alguns nascimentos, então não era totalmente leiga. O que não quer dizer que não tenha sentido muito medo. Tive o bebê. Era um menino. Ele chorava muito nas primeiras horas, e eu me sentia cada vez pior, muito fraca, com febre e com hemorragia. Desesperada, tomada por profundo medo e vergonha, à beira de desfalecer, acabei estrangulando o recém-nascido.

Nova interrupção por força das lágrimas dolorosas. Prosseguiu em alguns segundos:

– Assim que o percebi sem vida, e isso já era noite, a muito custo o enrolei em um lençol e desci as escadas. Precisava enterrá-lo, e o fiz logo ali embaixo, no terreno baldio, com a enxada do meu marido que já fica por lá. Enterrei a criança e subi novamente. E essa subida foi de grande sacrifício. Tanto que cheguei a desmaiar em dois momentos. Ao chegar aqui em cima, arrastei-me até o leito, precisava dormir. Dormi imediatamente, não sei por quanto tempo, e acabei acordando com o chorinho do bebê. Afligi-me! Como poderia ele estar chorando? Eu tinha certeza

130

de que ele havia morrido! Então, tive de descer novamente a escadaria para ver o que estava acontecendo. Ainda doente, cheguei lá embaixo com dificuldades. Ouvia o choro, ele vinha de dentro da terra! Mas eu não conseguia desenterrar o bebê! Tentava cavar, mas nada! Não chegava até ele! Daí, com medo de ser vista por alguém, subi e me tranquei aqui de vez. Agora estou esperando meu marido, acho que já é tempo de ele voltar. E terei que disfarçar muito bem quando ele ouvir esse choro do bebê. Direi não saber de nada, embora já esteja a escutá-lo há dias. Será que conseguirei? O que você acha? Conseguirei ser convincente?

– Não é isso que nos preocupa, minha senhora, mas, sim, sua saúde. Como a senhora está se sentindo?

– Ainda não estou boa. E terei de disfarçar isso também. Estou muito fraca, tenho sangramentos...

– Então, o mais importante neste momento é tomar algum remédio, não?

– Sim, é verdade, preciso de... Ouça! Ouça! Está chorando de novo! Você está ouvindo? Escute...

Para melhor auxiliá-la, afirmamos também ouvir. Ela continuou, dando sinais de maior perturbação mental:

– Quietinho, bebê! – pediu, sussurrando, assustada. – Quietinho! Quer que eu cante para você? Quer?

Aguardamos que sua crise passasse, em oração. Quando ela se fez mais tranquila, retomamos nossa fala. Deveríamos convencê-la de que o choro do bebê não era o problema – seu plano de dizer ao marido não saber nada a respeito era bom –, o problema era sua *saúde*. Falamos-lhe isso, e ela nos ouviu atentamente. Então, chegamos ao ponto fundamental do nosso discurso: propor que deixasse sua casa em busca de alguma assistência, mesmo que rápida. Conscientes de que teríamos de fazê-lo com muito cuidado, não podendo assustá-la, pois assim corríamos o risco de perdê-la, iniciamos:

– Veja, minha senhora, eu até poderia sair e trazer-lhe algum remédio, mas acho não ser isso o mais apropriado, pois, perdoe-me a franqueza, a senhora está muito abatida. Está realmente doente.

Falamos e demos um tempo para que refletisse.

– Minha aparência deve mesmo estar ruim. Não durmo, continuo com hemorragia...

– Pois é! Penso que o melhor a fazer é a senhora passar por consulta médica, para, então, ser medicada adequadamente conforme sua necessidade.

– Não! Isso não! Não quero ver mais ninguém!

– Entendemos seu receio, teme ser descoberta, mas lembre-se de que todo médico faz juramento quanto ao sigilo em relação ao paciente. Isso não deve preocupá-la!

– Não, não posso correr esse risco!

– Mas como irá melhorar, então?

– Talvez um remédio simples já dê conta. Você mesmo poderia trazê-lo.

– Seu caso é mais delicado! Não é mera indisposição, dorzinha de cabeça... Deve encarar isso com seriedade!

Ela pensou um pouco até responder:

– Só aceito se for atendida por uma médica. E que ela venha aqui em casa!

Isso não nos interessava. Ela precisava sair da casa. Argumentamos:

– Até conheço uma médica. Ela é minha amiga e a atenderia sem problemas. Mas teremos de ir até ela.

– Não posso sair daqui.

– É que lá, no consultório, ela já tem os recursos, os instrumentos, tudo bem instalado. E, além do mais, o consultório é aqui na frente da sua casa. É novo aqui no bairro. Basta atravessarmos a rua!

– Não vou.

– Pense comigo, minha senhora: se seu marido

chegar e encontrá-la assim, doente desse jeito, vai levá-la a algum médico conhecido dele. Esse médico vai descobrir rapidinho que a senhora teve um filho e vai contar para o seu marido. Não será pior?

Ela se assustou com a possibilidade:

– Muito pior! Isso não pode acontecer!

– Então! Vamos até essa médica nova que está instalada bem aqui em frente! Falamos com ela sobre o sigilo, e a senhora será atendida! Não há outra saída!

– E se meu marido chegar nesse tempo?

– Eu estarei lá na frente e direi a ele que a senhora foi entregar, no consultório médico, uma correspondência que foi entregue, por engano, aqui no seu endereço.

– Mas e o bebê chorando? Não posso me afastar!

– Fazemos o seguinte, eu a ajudo a chegar à médica e volto aqui para atender o bebê!

Ela pensou, demonstrando aflição, e aceitou nossa proposta. Ao afirmar estar muito fraca para descer as escadas, garantimos que a sustentaríamos. Ela topou e fomos *saindo*. Então, fomos conduzindo a conversa, sugerindo a ela as cenas a serem *enxergadas*, cenas essas que seriam bem aceitas de sua parte por conta de sua fragilidade emocional e mental.

– Vamos, então – dizíamos. – Olhe, já estamos descendo as escadas. Vamos devagar... Agora já estamos atravessando a rua. Sem pressa... Com calma... Pronto, chegamos ao consultório. Olhe a médica vindo!

Conhecendo a atuação dos trabalhadores da Casa Espírita, estávamos certos de que uma das benfeitoras invisíveis da Instituição se passaria pela médica, ou seria mesmo uma delas, vindo ao nosso encontro. Depois de segundos, arrematamos:

– Olhe aí a doutora. Agora, ela irá atendê-la. Pode acompanhá-la.

A senhora foi. Encerrou-se o atendimento.

Mais alguns casos se apresentaram, nenhum tão delicado como esse relatado até aqui. E, então, pouco antes de encerrarmos a noite, um dos mentores espirituais do grupo veio nos deixar uma palavra de ânimo e, aproveitando o momento, explicar-nos alguma coisa a respeito dessa pobre senhora, vítima da própria invigilância:

– Como vocês bem sabem, cada criatura, após a desencarnação, passa a viver no ambiente que elegeu a si mesma, carregando consigo o *céu* ou o *inferno* a que faz jus. Também não desconhecem a realidade: dos ainda ligados a esse mundo de *provas e expiações,* a minoria desencarna levando consigo um *céu* construído no correr da vida física; a maioria se vê frente a

135

situações dolorosas, em sofrimentos de diversos matizes, todos relacionados ao modo de vida escolhido enquanto encarnado.

Nestes últimos, suas situações de dor são variadíssimas, sendo única a cada um, pois cada um de nós é um mundo. Ainda que a forma da desencarnação seja a mesma, cada Espírito adentra o Invisível de modo muito próprio, particular, registrando aquilo que o seu mundo íntimo permite, aquilo que merece. Ao padecerem, padecem cada qual a seu jeito, à sua medida, mesmo estando juntos. E sofrem por terem se descuidado de si mesmos, por não terem obedecido à própria consciência.

Em relação a essa infeliz senhora, criatura frágil, carregando consigo desconfortos íntimos advindos de antigos comportamentos prejudiciais, o assassinato injustificado foi cometido pelo medo da reprovação do companheiro, como vocês notaram. Apresentando a alma submissa desde a infância, desejosa de agradar a todos, a fim de obter a aprovação que não tinha de si mesma, pois nunca estava satisfeita consigo própria, preferiu abrir as portas para o desespero infértil ao saber-se grávida, optando por matar seu próprio bebê assim que ele chegou ao mundo, quando deveria ter buscado refúgio na oração, confiante no Pai, certa de que auxílio não lhe faltaria. Mal sabia a infortunada senhora que esse seu filho viria para lhe ser companheiro vida afora, ajudando-a a superar velhos tormentos psicológicos.

Após cometer o crime, acabou a mulher por destrambelhar de vez seu campo emocional, já historicamente adoecido, além de decretar sua própria morte física por falta de cuidados médicos fundamentais à manutenção de sua vida. Desencarnou no leito encharcado de sangue, mantendo-se ali no mesmo lugar, em perturbação íntima, em pesadelos terríveis. Despertou lá, um dia, passando a arrastar o perispírito enfermo pela casa, julgando-se ainda encarnada. Se não bastasse permanecer colada ao local do crime, ainda passou a *ouvir* o choro da vítima indefesa gotejando de sua mente desvairada, como autopunição, mesmo estando essa vítima havia muito já distante daquele ambiente. Como podem ver, permaneceu a senhora presa ao grave delito *até pagar o último ceitil.*

O benfeitor deu rápida pausa à sua fala, como se nos convidasse a verbalizar alguma questão que fervilhasse em nossa mente. Entendemos o intervalo e formulamos a pergunta:

– Caro irmão, percebemos que a pobre senhora, mesmo cometendo um homicídio, além de seu próprio suicídio inconsciente, não foi lançada aos ambientes horríveis, administrados por gênios das sombras, chamados pela literatura espírita de *umbrais*. Ficou ela na própria residência, julgando-se ainda no corpo denso. Como entender essa sua situação pós-desencarnação?

– Vejam, perante as Leis Universais, o crime é sempre crime, mas o criminoso deve ser cobrado conforme a sua compreensão do ato. Paulo nos fala que *todos os que sem lei pecaram, sem a aplicação da lei perecerão; e todos os que pecaram pelo regime da lei, pela lei serão julgados.** Mesmo a lei dos homens, ante o crime consumado, busca possíveis agravantes e atenuantes para acertadamente sentenciar o culpado, tendo como referência uma pena já prevista para o crime.

– Sim. Entendemos.

– Então. Essa senhora não era má, não era *motivo de escândalos***, tampouco se vinculara a mentes criminosas, fossem encarnadas ou não – ao menos não nessa vida. Exterminou a vida do filhinho por falta de fé, por medo, e não pelo tétrico prazer de assistir o sofrimento alheio, estimulada por crueldade mórbida, isso não. Assim, não se obrigou a *descer* a sítios invisíveis de dor e torturas, onde se vê e ouve, todo o tempo,

---

* *Romanos, 2:12*

"Todos os que sem a Lei pecaram, sem aplicação da lei perecerão; e quantos pecaram sob o regime da lei, pela Lei serão julgados."

* Mateus, 18:7

"Ai do mundo por causa dos escândalos! Eles são inevitáveis, mas ai do homem que os causa!"

o *choro e o ranger de dentes** ... O que não quer dizer que não tenha sofrido deveras! Fixou-se ao local do delito para padecer, carregando e vivendo ali mesmo seu inferno pessoal com seus tormentos lancinantes e desequilíbrios. Agarrando-se ferozmente àquela casa, não se tornou objeto de interesse para Espíritos vadios e maldosos, passando quase todo o tempo sozinha com suas dores e delírios.

– Entendemos. E nos momentos que antecederam o ato terrível, decerto não faltaram bons Espíritos tentando dissuadi-la do intento, não é?

– Certamente! Tanto foi estimulada ao crime por seres invisíveis e malandros – que depois a abandonaram, como disse há pouco –, como também foi aconselhada por Espíritos bondosos a não cometer o delito, buscando refúgio na oração, mas ela não lhes permitiu qualquer sintonia.

– Que pena!... E quanto aos novos moradores que, depois dessa tragédia, passaram a habitar aquela residência, ela não os percebia?

– Não. Vivia unicamente em sua *realidade imaginária*, não notando mais nada além disso.

– E o que lhe virá agora?

---

* *Lucas, 13:28*

"Ali haverá choro e ranger de dentes, quando virdes Abraão, Isaac, Jacó e todos os profetas no Reino de Deus, e vós serdes lançados para fora."

– Agora será levada a um hospital psiquiátrico na Espiritualidade a fim de iniciar um longo tratamento. A certa altura, conscientizar-se-á do ato cometido e, então, padecerá a culpa tormentosa, passando a suplicar o retorno ao corpo de carne. Quando se der esse retorno, provavelmente padecerá deformações nos órgãos reprodutores, além de algum transtorno mental, o que não deixará de ser o início de sua reparação pelo crime perpetrado.

Longo e espinhoso caminho a aguarda. Caminho esse escolhido por ela mesma, no auge de sua invigilância. Contudo, Jesus Cristo, que suportou nobremente a coroa de espinhos sem merecê-la, estará ao seu lado, auxiliando-a em sua marcha redentora! Há de vencer!

Quanto ao casal de idosos a quem foi direcionado o pedido inicial, eles já estão recebendo o atendimento desta Casa. Aguardemos confiantes!

Agora, retornem em paz aos seus lares, irmãos queridos! E que o Mestre prossiga nos auxiliando a todos!

Encerramos a noite.

9

O IDOSO DECEPCIONADO

"Buscai, em primeiro lugar, o Reino de Deus..."
Mateus 6:33

– PIOR COISA NÃO PODERIA TER ME ACONTECIDO! – exclamava o Espírito, com alguma dificuldade na fala.

– O que se passa?

– É muita falta de respeito! Justo comigo, o dono da casa!

– Mas o que aconteceu, meu senhor?

– Eu, que já sou velho, que trabalhei a vida inteira no serviço duro, e que sustentei todo mundo!

Entendemos ser interessante deixá-lo falar a fim de esgotar sua revolta inicial. Ele continuou:

– Como pode tanta ruindade? E vinda de filho, de filha, da esposa, da comadre, do afilhado! Uma barbaridade! A gente trabalha a vida inteira, ergue a casinha, cria a filharada, respeita a mulher... No fim, fica velho e doente, e ainda é despejado da própria casa! Uma ingratidão!

Suspirou dolorosamente, silenciando em seguida, desanimado. A indignação inicial havia passado, agora era chegada a hora de conversarmos:

– Mas, meu senhor, conte-nos certinho o que lhe aconteceu. Estamos aqui para ajudá-lo. O que houve?

– Ah, meu filho... Coisa triste, nem queira saber.

– Pois queremos, sim! Como dizia Eça de Queiróz, *contar uma dor é consolá-la*.[25] Reparta conosco o que o aflige, e isso o consolará! Cá estamos para ouvi-lo!

Ele aceitou nosso convite, tomou fôlego e iniciou seu drama:

– Sou homem muito simples, não tenho estudos, nunca cheguei nem perto de ser doutor. Lidei no pesado desde menino para ajudar minha mãe. Primeiro dando comida para a criação, depois na leiteria e, depois, nos outros serviços do sítio. Ia de cedinho até escurecer. Sempre tive muita saúde, fazia tudo certinho! Casei ainda rapaz. A gente casava mais novo antigamente, né? Então, fiz uma casinha de madeira e continuei morando no sítio. Os filhos foram chegando, foram crescendo, eu trabalhando... A mulher também era de sítio, então sabia fazer queijo, vendia frango, fazia doce... E o tempo foi passando. Uns filhos vieram para a cidade, outros ficaram lá comigo... Foram casando e foram chegando os netos... Uns foram crescendo na cidade, outros lá no sítio... Mas aos domingos a gente se juntava para almoçar e o sítio ficava cheio de gente.

A vida foi correndo e eu não fui dando mais conta do serviço. Na verdade, já estava era velho mesmo. Então, consegui me aposentar. Comecei a ficar mais fraco, precisava vir à cidade para passar no médico, a pressão era desregulada... Até que um dia, quase na hora do almoço, a cabeça ficou ruim, amorteceu tudo de um lado só, e eu não podia falar. Aí acabei dormindo. Não sei quanto tempo dormi. Mas era um sono gozado, esquisito, cheio de figuras. Demorou para eu começar a despertar e, no início, quando acordei, nem sabia quem eu era! As coisas estavam de um jeito estranho! Eu estava diferente!

Falava ele, sem saber, das experiências iniciais da desencarnação, vivenciadas pela maioria das pessoas e relacionadas sempre à condição íntima de cada ser.

163 – A alma, deixando o corpo, tem imediata consciência de si mesma?

R: Consciência imediata não é bem o termo. Ela passa algum tempo em estado de perturbação.

164 – Todos os Espíritos experimentam, no mesmo grau e durante o mesmo tempo, a perturbação que se segue à separação da alma e do corpo?

R: Não, isso depende da elevação de cada um. (...)

No momento da morte, tudo, a princípio, é confuso. A alma necessita de algum tempo para se reconhecer. Ela se acha como aturdida e no estado de um homem que, despertando de um sono profundo, procura orientar-se sobre sua situação. (...)

A duração da perturbação que se segue à morte do corpo varia muito; pode ser de algumas horas, de muitos meses e mesmo de muitos anos. É menos longa para aqueles que desde sua vida terrena se identificaram com o seu estado futuro, porque, então, compreendem imediatamente a sua posição.

Essa perturbação apresenta circunstâncias particulares, segundo o caráter do indivíduo e, sobretudo, de acordo com o gênero de morte. (...)[26]

– Mas aí, quando o senhor se reconheceu, quando do voltou a si, onde estava? – perguntamos.

– Na minha cama. Mas ainda estava doente. E estou até agora, ainda falo de um jeito esquisito, e estou amortecido.

– Entendemos. Mas e aí, o que aconteceu?

– Pois veja, depois que lembrei quem eu era, vendo-me no meu quarto, tudo certinho, eu percebi, pelas coisas que sentia, que tinha tido um derrame.

– Ah, um derrame...

– É. O que eu não tinha percebido é que já estava *morto* lá em casa!

Sua revelação nos surpreendeu. Estávamos certos de seu desconhecimento a esse respeito – o que é mais comum, afinal, sentindo-se dolorido, vestido com as roupas de costume e acamado em seu ambiente familiar, a grande maioria dos homens, passando por essa situação, têm dificuldades em perceber e aceitar sua condição real de desencarnado, pois a ideia que faziam a respeito dos locais onde poderiam pousar depois da *morte* passava longe do mundo material, de suas casas, de suas coisas.

Assim, interessamo-nos em saber como ele percebera esse seu verdadeiro estado:

– Se lhe for possível, meu amigo, poderia nos contar como notou já estar desencarnado?

– Pois, então, eu estava lá na cama, ainda bem

doente, e comecei a ver que ninguém vinha falar comigo. Via que, quando alguma pessoa entrava no quarto, nem me olhava. Eu gemia, arriscava dizer alguma coisa, tentava chamar a atenção, mas nada. Nem me olhavam.

Aí, em determinado momento, entraram no quarto minha senhora e a filha mais velha, foram até o meu lado do guarda-roupas, abriram a porta, e ele estava vazio. Minhas roupas não estavam mais lá. E a filha perguntou quando tinham ido buscar as roupas, e minha mulher respondeu que uns dias antes. Daí elas se aquietaram e começaram a chorar. E eu ali, tentando ser notado. Então, a filha perguntou o que seria colocado naquele espaço vazio do guarda-roupas e minha esposa disse não saber. E saíram do quarto. Mas antes a filha disse "ai que saudade do paizinho!". Me deu um jeito ruim, um desespero! Comecei a me mexer até conseguir sair da cama e ir me arrastando até a sala, parando no sofá. Cansado, com dor e sede, fiquei ali. E todo mundo me ignorava, passando de um lado para o outro. Fui ficando no sofá, sofrendo uma barbaridade! Chorava sem entender o que estava acontecendo, mas já desconfiando. E ia escutando as prosas do povo lá dentro de casa, um contando alguma passagem sobre a minha vida, outro falando que eu era honesto, um dizendo que eu era teimoso, outro falando que tinha sonhado comigo... Comecei a achar que não me viam porque eu já não estava mais *vivo* mesmo, mas queria estar errado. Até que disseram que a minha missa de sétimo dia tinha sido muito bonita. Aí eu vi que *era morto*! Dei uns gritos, chorei desesperado, cheio de medo! Muito nervoso, fui vendo, não sei explicar como, que a esposa e as filhas foram ficando nervosas também! Perguntavam como eu deveria estar, onde eu deveria estar, diziam estar com o coração apertado... Então, levaram umas senhoras para fazer oração lá em casa. Depois da oração terminada, uma delas falou para minha esposa que minha alma ainda estava ali, que eu não tinha ido embora. Acho que ela tinha me visto. Foi uma choradeira. Uma das filhas perguntou o que é que deveria ser feito, e a mulher rezadeira disse que todos da casa deveriam rezar pedindo para eu sair dali... Tinham que fazer oração para que eu fosse encaminhado! Encaminhado para onde, se lá era a minha casa?

Pois os filhos obedeceram! Vira e mexe estavam rezando para eu sair da casa! Para eu *encontrar meu caminho*! Teve uma noite que se juntaram todos os filhos e rezaram para eu sair de lá! A filha mais nova ainda disse "pai, se o senhor estiver mesmo aqui, saiba que aqui não é mais o seu lugar"! Ah, que tristeza! Que tristeza! Eu chorei feito doido aquela noite! Homem de brio que sempre fui, pedi a Deus que me instruísse sobre onde deveria ir, então. Se estava realmente atrapalhando na minha própria casa, não era mais benquisto pela esposa e pelos filhos, sairia dali me arrastando, mas só precisava saber para onde!

Muito emocionado, ainda com dificuldades na fala, um pequeno intervalo se impôs. Nós respeitamos o momento, aguardando, pacientes. E ele retomou:

– Sempre acreditei em Deus. Fazia minhas rezas de vez em quando. Mas não frequentava igreja. Então, lembrei-me de Deus com mais força, pedindo a Ele que me acudisse. E, dali a pouco, apareceu o compadre Onofre, que já tinha *morrido* havia mais de vinte anos. Estava do mesmo jeitão alegre. E começou a conversar comigo. Contou que trabalhava, tinha casa e tudo... E que, daqui uns tempos, viria buscar a comadre, e eles iriam morar juntos de novo, em uma casinha *junto de Deus*! Falou mais um punhado de coisas, até chegar no jeito que a família estava me tratando. Explicou que eles não entendiam a minha necessidade de ficar ali na casa mais um tempinho, pedindo que eu não me zangasse com eles. Eu disse que estava muito decepcionado, que eles tinham me entristecido muito. Então, conversamos mais um tanto, e ele me convenceu a chegar até aqui. Ainda estou achando ingratidão o jeito que me trataram, mas já não estou tão revoltado. Conversar com o compadre, e agora com o senhor, me fez bem.

– Que bom, meu amigo! A ideia aqui é essa: conversar para diminuir nossos sofrimentos. E, se me permite uma fala, seu compadre está certo. Aqueles que ainda ficam no corpo físico não entendem a dificuldade que a maioria dos desencarnados – que popularmente chamamos de *mortos* – têm de se desprender dos laços caseiros logo após a desencarnação. Eles julgam que, ao *morrer*, deve o *falecido* partir imediatamente, como se fosse um santo subindo aos Céus.

– É... Parece que é isso.

– Tenho certeza de que o senhor, quando ainda estava no corpo de carne, pensava mais ou menos assim também.

Ele refletiu um pouco e respondeu:

– Olhe, eu nunca gostei muito de falar de morte. Nem pensava no que viria depois dela. Só confiava em Deus mesmo. Mas um *que Deus o tenha!* era obrigação dizer quando um conhecido morria.

– Aí está! Ao dizer *que Deus o tenha*, estamos torcendo para a pessoa estar ao lado de Deus, longe do ambiente em que viveu na Terra. E, se percebemos que isso não aconteceu, que a pessoa não *foi* e continua entre nós, julgamos que algo está muito errado, quando não está! Se levarmos em conta nossas fragilidades psicológicas, nosso apego exagerado à vida física, nosso relaxamento na luta para sermos melhores, nosso amor possessivo em relação aos familiares, perceberemos ser algo esperado essa dificuldade em *partir imediatamente* para a Espiritualidade! Um trabalhador de Jesus nos fala que *os que desencarnam em condições de excessivo apego aos que deixaram na Crosta, neles encontrando as mesmas algemas, quase sempre se mantêm ligados à casa, às situações domésticas, aos fluidos vitais da família.*[27] Mais à frente, esse benfeitor ainda encerra dizendo que *há desencarnados que se apegam aos ambientes domésticos, à maneira da hera às paredes.*[28] Cada caso é um caso, mas não é incomum ao desencarnado voltar ao velho lar, por pouco tempo que seja, até se sentir mais encorajado para *seguir viagem.* Mas poucos homens pensam nessa questão, pois ainda se permitem o engessamento em antigas explicações teológicas fatalistas que lançam para longe de nós todas as almas logo que deixam o corpo de carne. Sendo assim, perdoe seus familiares, eles não souberam lidar com essa situação, julgando que o melhor para o senhor, e também para eles, fosse seu afastamento, sem qualquer demora, do ninho doméstico, para que seguisse às pressas à Espiritualidade. Lembre-se do Cristo: *"Perdoe-os, Pai, pois não sabem o que fazem."**

---

*Lucas 23:34

"E Jesus dizia: "Pai, perdoa-lhes; porque não sabem o que fazem". Eles dividiram as suas vestes e as sortearam."

O senhor idoso, em silêncio, derramava algumas lágrimas. Ao final de instantes, perguntou-nos:

– Então, não poderei voltar para a minha casa nunca mais?

– Ninguém está lhe proibindo isso. Tanto seu compadre quanto nós todos desta Casa estamos apenas orientando-o, e devemos informá-lo de que sua presença àquele ambiente, neste momento, não é saudável a ninguém. Primeiramente ao senhor mesmo, que não encontrará lá a boa recuperação, pois não é o lugar ideal ao tratamento de que necessita. Segundo porque, não conseguindo melhorar, cada vez mais se fará impaciente e aflito, passando a pesar no ambiente doméstico, desestabilizando o emocional dos que lá moram.

Poderá, sim, visitar sua casa, e ainda ajudar sua amada família, mas isso quando estiver recuperado, bem-adaptado à sua vida nova, já trabalhando para Jesus, dispondo, então, de condições para amparar seu próximo.

– Entendo – falou com certa tristeza –, mas e agora, para onde vou?

– Por ora ficará aqui, nesta Instituição onde estamos todos. Este local tem totais condições de auxiliá-lo neste momento. Confie nele, confie naqueles que aqui labutam, confie, sobretudo, em Deus Pai!

– Pois está certo. Fico por aqui, e que Deus me ajude!

E afastou-se, dando por encerrada sua comunicação.

Nesses anos de trabalho junto ao grupo mediúnico, incontáveis foram as vezes em que recebemos desencarnados vindos diretamente de seus lares, aos quais se mantinham fortemente ligados. Incontáveis também foram as situações individuais de cada um desses Espíritos, bem como o tempo em que haviam estacionado em suas casas, variando de alguns dias a vários anos. Julgando-se ainda encarnados ou já sabedores da situação real; tristes ou esperançosos; racionais ou incoerentes; jovens ou idosos; religiosos ou ateus... Enfim, um considerável e diverso quadro de posições das quais pudemos, ao correr do tempo, abstrair algumas causas para esse apego: afeição exagerada ao *tangível*, escravidão a velhos hábitos materiais, amor possessivo por pessoas ou pela casa, rancor vingativo, fragilidades e conflitos psicológicos, temor do mundo espiritual, etc. Vimos que quão maior a permanência do desencarnado em seu antigo lar, obviamente maior tinha sido sua vivência a uma das causas citadas acima – isso quando não havia mais de uma delas.

Assim, de todas essas observações e leituras acerca dos que *ficam*, mesmo depois de *libertos da carne*, pudemos deduzir que o redivivo Evangelho de Jesus, com seus ensinamentos, orientações e propostas reflexivas, é realmente libertador, capaz de nos liberar das decrépitas âncoras – algumas bem pesadas, outras nem tanto –, que ainda nos mantêm presos ao *fundo do mar*, impedindo-nos a saudável *navegação espiritual*, possível quando realmente vivenciado esse Evangelho, quando convertidas suas páginas gloriosas em prática cotidiana. Consideremos, por exemplo, a afirmação de Léon Denis: *a morte não ocasiona mudança alguma íntima no ser, que permanece, em todos os meios, o que a si mesmo fez, levando para além do túmulo suas tendências, seus ódios e afetos, suas virtudes ou fraquezas (...)* [29], e entenderemos melhor a importância da vivência cristã, da prática evangélica para nosso possível bem-estar depois de desencarnados.

Vivamos o Evangelho Segundo o Espiritismo!

10

A MÃE DO MORADOR DE RUA

"... Mulher, eis aí o teu filho." João, 19:26

No livro *VOLTEI*, o Espírito Irmão Jacob nos fala de sua surpresa ao visitar algumas Casas Espíritas no Rio de Janeiro, após sua desencarnação. Instituições que já lhe eram conhecidas de quando encarnado, relativamente pequenas e contando com reduzido número de colaboradores, apresentavam-se agora gigantescas, conquanto sóbrias, recolhendo impressionante número de necessitados, verdadeiros náufragos espirituais, que buscavam auxílios diversos junto à construção invisível, sendo amparados por discreto número de trabalhadores de Jesus. Tal visão fez com que o escritor, ainda desabituado aos serviços da

Espiritualidade, admitisse a impossibilidade de amparo pleno àquela multidão de sofredores desencarnados que batiam às portas dos Centros, se comparada ao diminuto número de seareiros. Enganava-se – e precisou do auxílio de amigos para perceber seu erro de julgamento: *"– Sementes minúsculas produzem toneladas de grãos que abastecem o mundo."*[30]

Essa deve ser a situação natural de toda Instituição Espírita. Voltada ao estudo e à fraternidade, consoladora por excelência, estará ela sempre abraçada por imane prédio espiritual, ainda que tímida em sua metragem material. Contará com equipes espirituais especializadas, cada qual em sua respectiva atividade – segurança, limpeza, esclarecimento, recuperação, triagem... –, e estará sob a direção sábia de benfeitores gabaritados para tal empreitada, além de estar conectada a ambientes superiores, dos quais recebe o justo suporte. À medida que seu lado físico corresponda às expectativas do Alto, vai sendo ainda ampliada, ao correr do tempo, em seu lado invisível, recebendo novos setores, dilatando, assim, sua oferta de atendimento aos desencarnados – e aos encarnados também.

Enfim, à base de muito trabalho e amor, torna-se um pedacinho de Céu na Terra.

Mas nosso objetivo, neste capítulo, não é exclusivamente passar informações sobre o Invisível na Casa

Espírita. Abordamos superficialmente o tema a fim de levemente ambientá-lo, leitor, ao cenário do nosso próximo caso. Já aos que desejem se aprofundar nessa realidade – o setor espiritual do Centro –, aconselhamos o estudo da coleção *A Vida no Mundo Espiritual*, de André Luiz (Espírito) e Chico Xavier, além das obras de Manoel Philomeno de Miranda, psicografadas por Divaldo Franco. Tais informações, lúcidas e confortadoras, espalham-se por tais obras, estando ali pormenorizadas.

Contudo, mesmo com o mínimo de informações acerca da movimentação invisível na Casa, nós, que ainda estamos no corpo denso e frequentamos esse ou aquele Centro Espírita, que muitas vezes não ultrapassa as dimensões de uma residência comum, podemos realmente concluir que *tamanho não é documento*, e que *o importante é qualidade, não quantidade.* Mas é claro que, se *qualidade* e *quantidade* estiverem unidas, melhor ainda!

Agora, vamos ao caso do capítulo.

O trabalho mediúnico corria normalmente. Já havíamos conversado com alguns desencarnados e seguíamos em oração com Jesus quando, por intermédio de uma das médiuns da equipe, veio ao diálogo um Espírito feminino, que iniciou sua fala suavemente, cumprimentando-nos:

– Boa noite, meus irmãos! Estou hoje aqui na condição de mãe e queria agradecê-los!

– Boa noite! Agradecer-nos?... Poxa... A respeito de que, minha irmã?

– Sim, agradecer a vocês que estão sempre aqui nas manhãs de domingo, responsabilizando-se pelo almoço dos irmãos desafortunados.

– Ah, sim! Alguns aqui do grupo trabalham no almoço de domingo realmente!

– Correto. Nem todos estão aqui, mas naturalmente estendo-lhes também meu abraço fraternal.

– Pois não, minha irmã!

– Solicitei a permissão para agradecê-los, e a obtive... Então, também me foi pedido para falar um pouco da movimentação aqui do *lado de cá* durante esses almoços. Pediram-me que contasse alguma coisa do que ocorre enquanto os encarnados se alimentam.

– Opa! Que interessante, minha irmã! Estamos ansiosos para ouvi-la!

– Muito bem. Antes, porém, quero dizer que não faço parte dos trabalhadores desta Casa. Estive aqui para poder melhor envolver meu filho em vibrações de amor, ânimo e esperança, enquanto ele aqui estava.

– Seu filho está encarnado?

– Sim. E geralmente vem até aqui para almoçar aos domingos.

– Certo.

– Como vocês bem sabem, não existe injustiça no Reino do Pai. Para tudo há uma causa justa. No caso de meu filho, sua vida na rua, hoje, se dá por conta de sua ganância em encarnação anterior, quando, não sendo vigilante quanto às suas responsabilidades como gestor público, lesou, por anos seguidos, os cofres de pequena cidade, prejudicando seriamente sua população. Também não estou afirmando que todos os moradores de rua foram homens públicos irresponsáveis em vida passada; refiro-me aqui unicamente ao meu filho – não posso dizer pelo todo.

– Correto, minha irmã. Entendemos.

– Também não estou aqui para narrar as dificuldades e perigos diários enfrentados por meu filho, adversidades comuns a todos os moradores de rua, mundo afora. Isso vocês também já sabem, ao menos um pouco, pois observam essas pessoas, conversam com elas, ouvem-nas...

Quanto ao meu coração de mãe, creio não precisar dizer que há nele um espinho, que só será totalmente retirado com a vitória reencarnatória do meu filho.

– Já imaginávamos.

– Não é fácil ver um filho nesse estado... Mas, ainda aí, maiores do que a dor causada pelo espinho são a esperança e o vigor diário para prosseguir trabalhando. O Pai segue sempre nos reanimando!

– *Porque nele vivemos, e nos movemos, e existimos...**

– Sim, é isso. Mas, agora, vamos às informações sobre a movimentação espiritual em torno do almoço.

– Vamos lá.

– Como disse, não sou trabalhadora aqui da Casa. Moro em cidade espiritual próxima, onde tenho meu trabalho – que executo também em nome de meu filho. E, por meio desse trabalho, há alguns meses, após obter as informações necessárias, passar pela devida preparação e, é claro, estar em condições emocionais para tal, recebi autorização para, durante as manhãs de domingo, estar junto dele aqui na *matéria*, buscando, dentre outras coisas, intuí-lo para aqui comparecer para almoçar.

– Vem para este lado sozinha, minha irmã?

– Não. Somos em cinco. Quatro de nós com tarefa junto a um encarnado específico, mais a nossa

---

*Atos 17:28

"Porque é nele que temos a vida, o movimento e o ser, como até alguns dos vossos poetas disseram: 'Nós somos também de sua raça...'."

instrutora. Criatura admirável, não só nos preparou, ainda na Espiritualidade, para aqui estarmos, como também se dispôs a nos acompanhar, sobretudo nos primeiros tempos, a fim de nos orientar e de nos proteger aqui na crosta.

– Que maravilha! Pois leve o nosso abraço a essa nobre criatura!

– Será levado, com prazer!... Sigamos: logo que chego junto a meu filho, geralmente há um primeiro serviço a ser feito: envolver em preces três Espíritos que o acompanham com desejos de vingança, pois foram por ele prejudicados na encarnação passada.

– Veja só!

– Sim, oro por eles, buscando vê-los como filhos também, pois sofrem muito por não conseguirem ainda perdoar. Fui preparada para isso – orar por eles. Precisei entender que só o amor e a compreensão poderiam tornar útil minha presença junto ao meu filho. Provavelmente, em tempos passados, teria raiva desses desencarnados que o acompanham; hoje, não.

– E eles aceitam de bom grado sua oração? Eles a tratam bem?

– Eles não me veem. Vibram grosseiramente, não conseguindo captar nada além da matéria, ou nada do que espiritualmente fuja de suas faixas vibratórias.

160

Assemelham-se muito ao morador de rua encarnado, julgam ter as mesmas necessidades, levam a mesma vida...

– Entendemos.

– Em uma das minhas visitas, pedi que pudesse me tornar visível, a fim de conversar um pouco com eles, mas nossa instrutora não me permitiu. Disse ainda não ser a hora. Que eu seria duramente insultada, incompreendida, podendo sucumbir emocionalmente, colocando todo nosso trabalho a perder. Aceitei. Ela estava certa. Embora muito me esforce e já consiga envolvê-los em pensamentos fraternos, não estou bem certa de meus limites, caso fosse atacada.

– Muito coerente sua observação, minha irmã. O *conhece a ti mesmo* nos vem sendo recomendado há muitos séculos, inclusive pela Doutrina Espírita. Reconhecer nossos limites é o primeiro passo para trabalhá-los e superá-los futuramente.

– Exato. Como dizia, oro por eles no primeiro momento; depois, abraço demoradamente meu filho, agradecendo a Jesus a ocasião de estarmos juntos mais uma vez. E ali vou ficando... Afagando seus cabelos, buscando acalmar seu coração sempre agitado, revoltado às vezes... Até que começo a lembrá-lo de que está chegando a hora de vir para o almoço. Tem semanas que meu convite é facilmente assimilado, outras, não. Tudo é mais difícil quando ele se encontra alcoolizado. E essa dificuldade está na razão direta do volume de álcool consumido. Houve ocasião em que praticamente foi nula a minha visita. Paciência. Como seus perseguidores espirituais também se embriagam, pois absorvem dele os vapores alcoólicos, o quadro se torna muito triste, sabe? É uma cena lamentável. E, mesmo sendo preparada para ela anteriormente, confesso que presenciar esse momento não é fácil.

– Podemos imaginar.

– Mas sigo firme, auxiliada, nesse momento, por Espíritos amigos, sempre buscando o Pai, como falei anteriormente, e sendo por Ele amparada.

– Sim. E, quando as coisas caminham bem, a senhora vem até aqui com ele, não é?

– Certamente. Concluída essa primeira etapa – estimulá-lo para vir para cá –, tem início a segunda: intuí-lo para entrar portões adentro assim que chegue aqui. É bem isso, pois, ainda nesse momento, algumas vezes, os seus *hóspedes espirituais* tentam impedir sua entrada. Até conseguiram uma vez!

Nesse instante, recordamo-nos de uma situação que ocorre vez ou outra nos almoços de domingo: algum irmão vir até a Instituição, mas ficar na calçada, não chegando até o refeitório, permanecendo à beira da rua, esbravejando, ameaçando pessoas, desfa-

162

zendo do alimento a ser servido, ofendendo-nos. Aí estava agora uma das explicações para tal comportamento. A irmã, como se lesse nosso pensamento, prosseguiu:

– Esses Espíritos, doentes dos sentimentos, visam criar todo tipo de embaraço e prejuízo ao encarnado, por menor que seja. Não perdem oportunidade. Mas, em relação ao meu filho, na maioria das vezes, ele acaba entrando no prédio.

– E os que o acompanham entram também, não?

– Sim. Vendo que não foi possível fazê-lo desistir, entram com ele. Lembram-se vocês de que eles imaginam ter as mesmas necessidades?

– Sim.

– Pois então... Já que estão aqui, eles também almoçam!

– Certo.

– Falando um pouco agora dos frequentadores espirituais do almoço, a grande maioria deles acredita estar no corpo físico ainda. Antigos moradores de rua, chegam com os encarnados, julgam estar conversando com eles, gesticulam, gargalham das coisas que ouvem, dividem os vícios, discordam... Enfim, não passam de homens invisíveis. Aqui chegam e são atendidos pelos trabalhadores desencarnados... São acomodados às mesas e recebem o prato de alimento, que se assemelha à comida do dia a dia.

– Dessa forma, simultaneamente, vão sendo atendidos os encarnados e os desencarnados.

– Sim, exatamente. E, à medida que se alimentam, vão se abrindo a novos e positivos pensamentos. Como já me foi explicado, todos nós trazemos, em nosso íntimo, o instinto de conservação. Aquela força interior, ainda maquinal em uns e já mais racional em outros, que nos faz desejar prosseguir a caminhada no melhor estado possível. Bem, quando aqui eles se alimentam, recolhendo do alimento a energia para seguir, vendo com isso a manutenção da vida, eles se permitem, mesmo que inconscientemente, a movimentação do pensamento nas faixas da esperança, tornando-se, então, receptivos a auxílios espirituais. E aí nós entramos! Convites à resignação, ao bom ânimo, à bonomia... assim como sugestões para um novo caminho – quando isso nos é permitido sugerir –, são movimentados.

– Poxa, que bacana!

– É isso.

– E imagino que esses convites, ou sugestões, são estendidos também aos acompanhantes desencarnados?

– Sem dúvida! Enquanto se alimentam, vão sendo envolvidos igualmente.

– Mas aí eles já enxergam vocês?

– De modo geral, sim. No caso deles, já há uma equipe preparada para atendê-los, que, com muito jeito, convida-os a permanecerem por aqui.

– E alguns acabam ficando, não é mesmo?

– Sim. Os que já estão cansados da vida que levam experimentam ficar.

– Interessante!

– Também há a questão da abordagem: ela difere conforme o entendimento do Espírito. Se ele já sabe de sua condição de desencarnado, é uma. Caso ainda se julgue na carne, é outra.

– Justo!... Mas o alimento é o mesmo?

– Sim. Preparado em ambiente superior, tem a aparência, a textura e o aroma de uma volumosa sopa, dessas comuns aqui no plano material.

– O Pai é maravilhoso, não é? Segue respeitando as necessidades momentâneas dos filhos desencarnados, que não entenderiam outro tipo de alimentação que não fosse aquela comum ao mundo físico! Quanto respeito! Quanta misericórdia! – dissemos, dando saída à emoção do instante.

– Sim! É isso mesmo!

Alguns segundos de intervalo para nossas rápidas reflexões, e a irmã prosseguiu:

– Aí, depois de se alimentar, meu filho volta aos seus lugares habituais... E eu sigo junto dele mais um pouco.

– E ele sai mais confortado do que quando chegou?

– Sim! Na grande maioria das vezes! Então, aproveito e continuo a cercá-lo de amor!

– Que maravilha, minha querida!

– Então, no final da tarde, retorno de ânimo renovado à minha cidade, agradecendo a Jesus por ter podido ficar com meu filho por algumas horas. Assim vou seguindo... Até um dia – um dia! – poder levá-lo comigo em meus braços, definitivamente!

Sorrimos, enternecidos. Ela se despediu, retornando ao seu lar espiritual.

Imaginando sua ventura no dia em que puder carregar o filho consigo, só pudemos desejar que isso se faça o mais breve possível, não nos esquecendo, obviamente, de que, acima do *nosso tempo,* está o *tempo de Deus.*

11

O JOVEM RECALCITRANTE

"Ide e informai-vos bem a respeito do menino."
Mateus, 2:8

OUTRA NOITE, NOVO PEDIDO. UMA DAS MÉDIUNS do grupo nos trouxe o caso de um parente seu, jovem, com pouco mais de vinte anos, morador de cidade distante. Dizia ela ter ouvido a história diretamente da mãe do rapaz, a qual lhe telefonara no dia anterior para pedir algum auxílio espiritual para o único filho.

Falava-nos a companheira de trabalho:

– Ele é filho de minha prima, que é uma pessoa meiga, por quem todos nós da família temos muito carinho, embora não a vejamos há alguns anos.

Ela sempre admirou o Espiritismo, sempre leu seus romances e frequentou Centros Espíritas por onde passava. Isso porque, de tempos em tempos, precisava mudar de cidade, por força do emprego do marido. Dona de casa, nunca deixava de levar o menino consigo até a Casa Espírita, desejosa de que ele crescesse sob suas lúcidas e consoladoras orientações. Quando ele chegou à adolescência, fortes sintomas mediúnicos eclodiram, fazendo com que ainda mais se mantivessem sob o abençoado teto da Doutrina. Mas, nesse mesmo tempo, ainda que mais buscassem o Centro, por insistência de minha prima, o jovem se mostrava cada dia mais rebelde. Rebeldia essa já notada por ela desde a infância, mas que se encorpava naquele momento. Para complicar as coisas, seu esposo desencarnou subitamente, vitimado por terrível infarto, deixando-a muito abatida. E, como se já não bastasse, ela viu seu filho se afastar definitivamente do Espiritismo, passando a se envolver cada vez mais com companhias extravagantes e relaxadas, tornando-se pessoa de difícil trato, constantemente expressando pensamentos de aversão à moral, à ordem, à justiça...

A amiga de serviço mediúnico deu uma pausa na fala, deixando a entender que aquele capítulo estava concluído, e que se iniciaria um outro, ainda mais doloroso:

– Mal sabia minha prima que o filho não apenas expressava pensamentos anárquicos, mas já os praticava no dia a dia. Fez-se usuário ávido de maconha, provava cocaína com regularidade e já dava pequenos golpes no comércio. Adquirira uma arma de fogo e se unira a rapazes com histórico de violência e crimes, em bairro distante, tendo como sede para esses encontros um ponto de tráfico já conhecido pelas forças policiais. E foi nesse lugar que, em certa tarde, foram surpreendidos e presos por agentes armados. Somente então minha prima teve ciência da real situação do filho. Quando ela conseguiu tirá-lo da cadeia, depois de muitas noites sem dormir e gastando considerável quantia de dinheiro com advogados, percebeu-o ainda mais violento, afirmando já para o dia seguinte a sua volta ao ambiente onde fora surpreendido pela polícia, dizendo ser lá o seu lugar. E assim o fez. Ao amanhecer, deixava ele a residência da mãe, partindo para sua nova morada: a casa que também era conhecida como ponto de venda de drogas.

Um novo intervalo foi dado, a fim de podermos refletir rapidamente acerca do caso, compadecendo-nos com o doloroso quadro, imaginando o que aquela pobre mulher deveria estar passando na atualidade.

A amiga retomou a fala:

– E por isso ela me ligou. Está consternada e

sozinha, mas não quer voltar para cá, pois não deseja se afastar. Então, em lágrimas, solicitou-nos a inclusão do nome do filho no nosso caderno de pedidos. Aqui está o nome dele e o endereço de onde está parado atualmente – disse-nos, entregando o papel com as anotações.

– Pois vamos transcrevê-lo em nosso caderno imediatamente. Vamos orar por ambos, mãe e filho, pedindo a Jesus o devido amparo.

Dali mais alguns minutos, iniciamos o trabalho mediúnico. No primeiro tempo, uma leitura de um trecho do *O Evangelho Segundo o Espiritismo*; já no segundo momento, o atendimento mais direto aos desencarnados. E, ao chegar a vez da companheira que nos trouxe o caso em tela, um revoltado Espírito passou a esbravejar por meio de sua mediunidade:

– Intrusos! Como se atrevem? Quem pensam que são? Recebam meu ódio neste momento, seus... seus... Ah! Esta *coisa* aqui (referindo-se à médium) não me deixa nem falar o que quero! Seus... Quanta raiva! Ah, se eu não estivesse amarrado! Essa mesa já teria ido ao chão faz tempo, e vocês estariam lá na rua, amedrontados! Seus covardes!

Esse irmão estava em um trabalho sério, em uma Casa honrada, onde, embora seus integrantes estivessem ainda longe da perfeição, ali se encontravam com

170

o propósito de aprender e de servir com Jesus nessas noites de *pronto-socorro espiritual*, buscando, simplesmente, *amar a Deus de todo coração e ao próximo como a si mesmo**. Daí a razão de ele se ver contido e impossibilitado de fazer o que bem entendesse. Sempre haverá ordem na Casa do Pai.

Assim, aguardamos mais uns instantes, para que o desencarnado se acalmasse um pouco. Quando, então, aquietou-se, iniciamos:

– Veio até aqui para conversarmos. E precisou ser trazido a contragosto, pois, do contrário, não viria. Mas, saiba, está entre irmãos, em um excelente ambiente, no qual é muito bem-vindo!

O Espírito voltou a se comunicar, não mais colérico como há instantes, mas ainda assim ameaçador:

– Não perca seu tempo! Não me venha com essa conversa! Não estou nem um pouco interessado em bater papo! Então, vá logo ao ponto, pois não quero me demorar! E não tente me deixar preso aqui! Você se arrependeria dolorosamente disso!

– Isso já não é conosco, meu caro. Essa decisão é de responsabilidade de nossos superiores.

**Mateus, 22:37-39*

"Respondeu Jesus: "Amarás o Senhor, teu Deus, de todo o teu o coração, de toda a tua alma e de todo o teu espírito. 38.Esse é o maior e o primeiro mandamento. 39.E o segundo, semelhante a este, é: Amarás teu próximo como a ti mesmo."

– Pois que não se atrevam!... E vamos logo! Fui trazido até aqui por conta do rapaz, não é? Vocês acham que ele é um santo que foi sequestrado pelas Trevas? É isso? – gargalhando ao final.

– Não. Sabemos que, como nós mesmos, ele não é santo. Como também sabemos que somos nós os responsáveis pelas escolhas de nossos acompanhantes; logo, se estão confortavelmente juntos, é porque há sintonia entre vocês, existindo semelhança de objetivos.

– Veja só, quanta esperteza de sua parte! – exclamou, sarcástico. – Mas, então, o que querem comigo?

– Estamos aqui atendendo ao pedido de uma mãe.

– Sempre elas!

– Sim. Queremos conversar um pouco... Quem sabe buscarmos algum entendimento...

– O rapaz é dos nossos! E não é de hoje! Ele é dos nossos há cento e cinquenta anos!

Ante nosso silêncio, buscado conscientemente para incentivá-lo a prosseguir – o que é útil para o diálogo –, ele continuou:

– Em sua vida anterior, ele já era um bandoleiro. Homem dado ao crime e ao vício, sem qualquer respeito à vida alheia. Lá, um dia, acabou sendo morto pela polícia, descendo imediatamente às nossas terras, furnas de loucura e dor. Então, passou a ser nosso serviçal, permanecendo nas práticas da maldade por muito tempo, tendo como atividade fundamental perturbar os *vivos*. Mas, a certa altura, sem que nos déssemos conta, ele foi enfraquecendo... Tornando-se negligente, desanimado... Até se abater por inteiro e ser lançado ao lodo, lugar dos inúteis. Depois de um tempo no lamaçal dos desprezados, deixou-se alcançar pelos servos do Cordeiro, outro fracote que, de tão covarde, permitiu ser crucificado! E ainda o chamam de Salvador! – risos sombrios antes de seguir. – Mas, como eu ia dizendo, o rapaz foi tirado de lá, e nós, seus verdadeiros donos, aguardamos. E, assim que soubemos de seu renascimento na carne, várias décadas após ter se afastado de nós, concentramo-nos um pouco e o achamos. Mas aquela intrusa que lhe deu a vida sempre dificultou a nossa aproximação e permanência. Então, decidimos aguardar. Confiar no tempo. E tivemos sucesso. No ápice da adolescência, mais dono de si, ele passou a aceitar nossa presença. Foi deixando vir à tona seu eu anterior, foi pensando como antigamente, desejando reviver as sensações soterradas... E fomos nos unindo de novo. E por conta de sua sensibilidade mais aflorada, captava nossas ordens com mais facilidade, passando a executá-las – o que segue fazendo com muito prazer, vale ressaltar!

Ou seja, os enxeridos são vocês! Assim, não mais nos perturbem e respeitem a escolha do nosso rapaz! Vocês não falam tanto em livre-arbítrio?

Chegava o nosso momento de lhe falar:

– O livre-arbítrio é uma prova do amor de Deus por nós. Mas pense comigo: se um pai aqui da Terra chama seu filho à conversação ao percebê-lo equivocado nas atitudes, chegando a bloquear uma ou outra atividade sua, visando protegê-lo de si mesmo, não faria algo ainda maior nosso Pai que está nos Céus? Acaso Ele não convocaria Seus filhos subversivos para uma conversa, a fim de avisá-los dos perigos e dos riscos que estão assumindo para si mesmos, orientando-os para os melhores caminhos a seguir? Pois é! É por isso que você está aqui, assim como, estamos certos disso, nosso jovem também tem sido alcançado por benfeitores que tudo têm feito para despertá-lo, a pedido do Criador! Pois o Pai quer a felicidade dos Seus filhos! Ele não desejaria vê-lo transmigrar para um mundo primitivo, por conta de sua insistência em não melhorar a própria vibração! Ele gostaria muito de contar com você, aqui mesmo neste planeta, quando ele adentrasse definitivamente a condição de *mundo regenerador!*

Como agora o Espírito ofegava, algo aturdido, continuamos:

– Pois você já deve saber sobre a evolução dos planetas, não é? Deve estar ciente de que a Terra está deixando o posto de mundo de *provas e expiações* e subindo à categoria de mundo *regenerador*, não? Já deve ter sido informado também de que aqueles que persistirem nas faixas do crime, da desordem, do ódio não poderão ficar aqui por não se compatibilizarem com ele, sendo conduzidos compulsoriamente a um mundo mais grosseiro, denominado *primitivo*. Já sabe?... Pois é isso! Se ainda não tinha ouvido a respeito, essa é a verdade! Desse modo, seria muito importante sua reflexão acerca da vida que vem levando – ao que nos parece, há pelo menos dois séculos! Deveria medir todo o sofrimento que essa sua rebeldia lhe tem causado até hoje, certo de sua ampliação ao correr do tempo!

Ele nos interrompeu, e sua voz parecia gasta:

– Eu não sofro...

– Impossível! Não há como trabalharmos para a geração do mal e sermos saudáveis!

– Não... Não... Espere!... Eu não estou passando bem... O que estão fazendo comigo?... Saibam que... Ai.. Ai...

Então, passou a emitir alguns gemidos dolorosos enquanto desfalecia, até se aquietar e ser afastado.

E aquela que lhe serviu de porta-voz foi se recuperando, recebendo da equipe espiritual o auxílio à retomada de seu bem-estar... E, em pouco tempo, dispersados totalmente os fluidos densos e incômodos, a médium afirmou estar muito bem.

Já o Espírito permaneceria na Casa. Não sabemos por quanto tempo, mas, pelo seu estado ao final da comunicação, podemos entender que ficaria pelo menos aquela noite. O que lhe seria muito positivo, ainda que não percebesse ou admitisse isso àquele momento.

E o trabalho prosseguiu. Quando chegávamos aos seus instantes finais, outro médium afirmou sentir uma influência boa, vinda de um Espírito que tinha relação com o caso narrado até aqui.

Passamos a ouvi-lo em segundos:

– Boa noite, meus irmãos! Que Jesus prossiga nos abençoando! Estou aqui para contar um pouco da história do jovem por quem pediram na noite de hoje. E vou fazê-lo para que percebam quão arriscada pode ser uma encarnação quando permitimos que o *homem velho* reassuma os remos do barco.

Silenciou por alguns segundos, a fim de nos prepararmos. Então, iniciou:

– Daquele rapaz, sou eu seu amigo espiritual, a quem também chamam de guia, mentor... Sou seu velho conhecido. E confirmo a narrativa aqui feita, agora há pouco, por esse Espírito, ainda tão agarrado à negatividade, a respeito desse nosso jovem.

Ele realmente faliu de modo muito grave na encarnação anterior. Então, depois de desencarnar de modo doloroso e ser lançado aos umbrais da Espiritualidade, tornando-se, por muitos anos, escravo das mentes tóxicas que comandam aqueles lugares, foi por nossa equipe resgatado. Urrava, ferido, enlouquecido e esgotado, clamando por misericórdia, a qual não lhe foi negada. De lá, foi levado a um hospital espiritual para iniciar sua longa recuperação. Contudo, na razão direta de sua melhora, aos poucos adquirida, vinham-lhe o desespero pelos graves desvios assumidos na carne e, com ele, as dolorosas súplicas para retornar à vida física, a fim de esquecer o passado recente, bem como refazer caminhos tortuosos, tornando-os retos. Tocados por suas aflições, levamos seus pedidos aos nossos superiores, que, após analisarem a solicitação, deferiram-na. E eu fui designado para ser seu colaborador direto.

Mais um tempo foi necessário para sua programação reencarnatória ser construída, como também para sua preparação individual para o porvir. E, mais uma vez, pude comprovar que as Leis Divinas sempre dão preferência à reconstrução dos caminhos pelo trabalho, não pela dor, optando sempre pelo suor em lugar da lágrima. Desse modo, em vez de vir ao mundo debilitado mentalmente, ou padecendo consideráveis conflitos psicológicos, sendo que, em ambos os casos, seria impedido de ter uma vida comum, o Pai convocou-o ao serviço espiritual: seria *trabalhador da última hora*, seria médium a acolher, em seu psiquismo, todo o leque de Espíritos sofredores, em dia e local adequados, durante, pelo menos, quatro décadas. E, dessa forma, bem cumprindo tal programação, a cada dia de serviços com Jesus, um pontinho sombrio de seu passado seria diluído. Trabalhando com o Cristo, esse seria o seu salário.

Encarnou, tendo como mãe uma alma amiga, antiga conhecida sua. Nobre mulher, nunca deixou de envolvê-lo com muito amor, sendo-lhe, desde sempre, excelente exemplo a ser seguido. Desde cedo, ela o levava às Casas Espíritas de seu alcance, como se intuísse sobre os afazeres futuros do filho junto a essa Doutrina. Mesmo porque, ainda pequeno, o menino já era assediado por desencarnados, por conta de sua mediunidade.

E assim seguiam, até que, ao chegar à adolescência, época na qual o reencarnante toma posse de suas antigas bagagens, algumas delas manchadas e rotas, nosso jovem preferiu abrir justamente estas, passando a vivenciá-las, fascinado pela sinistra possibilidade de reviver paixões insalubres, quando deveria tê-las mantido fechadas, para que fossem se desfazendo aos poucos, ao correr do tempo, até sumirem de vez.

Instruções para tal nunca lhe faltaram. Conselhos vindos de sua genitora eram ouvidos todos os dias. Minha presença era constante em sua vida. Mas, ainda assim, ele foi optando pela companhia dos velhos comparsas do crime, alguns encarnados, outros tantos desencarnados, quando deveria ser para eles, ao passar dos anos, a ponte de recomeço, uma pequena luz a lhes indicar o novo caminho, aquele ideal. Trabalhando nas frentes sociais da Instituição Espírita que lhe estava programada, ele acabaria reencontrando esses antigos companheiros de corrupção, agora no corpo de jovens muito pobres, moradores de periferia atendida pela Casa. Deveria lhes falar de Jesus e de seu *Evangelho Redivivo*, o Espiritismo. Deveria consolá-los, explicando-lhes o porquê dos sofrimentos, convidando-os à vivência de uma fé raciocinada. Já quanto aos antigos parceiros espirituais, deveria transformá-los, também através da ampulheta do tempo, provando-lhes a própria mudança. Deveria suportá-los em um processo de esclarecimento, convencendo-os, aos poucos, da necessidade de melhora para alcançarem alguma felicidade real. Faria isso com o exemplo do próprio comportamento, do esforço diário em viver o cristianismo, além de tocá-los diretamente nas noites de trabalho mediúnico, quando os acolheria na própria mediunidade.

Tudo isso estava muito bem previsto...

Mas ele, mediante seu livre-arbítrio, optou pelo *eu velho*. Fechando os ouvidos a todos nós, foi se afastando da Casa e aproximando-se cada vez mais dos antigos cúmplices, outra vez encarnados. Rapidamente se esquecendo do Sermão da Montanha, esse consolo atemporal do Cristo para todos nós, falava a eles como Barrabás, incitando-os à rebeldia e à brutalidade, liderando-os em pouco tempo.

O benfeitor silenciou por segundos antes de retomar:

— Alguém, talvez, possa estar pensando: "mas seria possível ele resistir a todas essas investidas?". Como não?! Basta nos lembrarmos do *O Livro dos Espíritos*, no qual, a certa altura, temos a afirmação de não haver arrastamento irresistível, podendo o homem sempre fechar o ouvido à voz oculta que o solicita ao mal.[31] Não estamos dizendo que seria fácil, não! Mas mesmo essas dificuldades faziam parte do gênero de provas a serem suportadas, para que, sendo superadas, tivesse ele todo o mérito da vitória! Se *para lutar contra o instinto do roubo é preciso que se encontre entre pessoas dadas à prática de roubar*[32], ele teria então, como teve, contato

180

com esses seres, a fim de não só resistir à tentação como também auxiliá-los no caminho de volta ao Pai.

Mas não foi por aí. Nos últimos tempos, dizia ele à mãe, quando esta tentava mais uma vez aconselhá-lo, que ele era esse que agora ela via, esse era seu verdadeiro eu. Afirmava isso na tentativa de calar alguma consciência pronta a cobrá-lo. Dizia, tentando, a todo custo, acreditar nesse enganoso ditado, que *pau que nasce torto nunca se endireita*. Logo ele, que tantas vezes lera a frase de Hahnemann, contida no *O Evangelho Segundo o Espiritismo*, a qual nos afirma que, *segundo a ideia muito falsa de que não pode reformar sua própria natureza, o homem se crê dispensado de esforçar-se para se corrigir dos defeitos, nos quais se compraz voluntariamente (...)*[33].

Novo silêncio.

– Então – reiniciou o benfeitor –, há alguns dias, quando, ao deixar a cadeia, ele resolveu se mudar em definitivo para o ambiente criminoso, eu fui chamado por meus superiores. E, ao me apresentar, ouvi deles a ordem para me afastar do querido jovem, deixando-o agora sozinho com suas escolhas e companhias, devendo apenas orar por ele, aguardando nova oportunidade para voltar a auxiliá-lo, quando ele realmente desejar.

Nesse instante, recordamo-nos de uma questão

que trata exatamente disso, contida também em *O Livro dos Espíritos*:

495 – O Espírito protetor abandona algumas vezes seu protegido quando este é rebelde aos seus conselhos?

*R: Ele se afasta quando vê seus conselhos inúteis, e que a vontade de sofrer a influência dos Espíritos inferiores é mais forte. Todavia, não o abandona completamente (...). Ele retorna, **desde que chamado**.* [34] [Grifos nossos]

Após tal afirmação, quase sem perceber, acabamos exclamando, compadecidos com a história:

– Poxa vida, que pena!

O Espírito sorriu, algo triste, e afirmou:

– Toda escolha obriga a uma renúncia, meu irmão. Ao escolher a velha vida, ele renunciou à nossa presença.

– Sim, entendemos.

– Quanto à nossa amiga médium, aqui presente, portadora do pedido relativo a esse caso, peço-lhe que, ao falar à mãe do nosso jovem, naturalmente não entre nesses pormenores, mas, sim, que envie a ela o meu abraço, afirmando-lhe saber o Irmão Maior tudo o que ela fez e tem feito pelo filho, o que muito Lhe agrada! Diga-lhe que mantenha a esperança, pois Deus é Pai de todos! Sendo assim, não há para nós outro futuro senão o glorioso! Que prossiga sob as orientações do *Consolador Prometido*, orando e trabalhando para o bem, e estaremos junto dela, confiantes no futuro, tanto no nosso quanto no do nosso menino! E que Jesus prossiga nos auxiliando a todos!... Agora me retiro, caros amigos. Até uma próxima oportunidade!

Afastou-se o Espírito. Encerramos os serviços. Saímos pensativos.

Muito havia a se refletir...

Nota do autor: as pessoas reais, protagonistas desse caso, tiveram suas características e posições alteradas, a fim de serem diluídas as possibilidades de reconhecimento, o que não acarretou qualquer prejuízo à veracidade da história.

12

O DESMEMORIADO, O RECLAMANTE E O GÊNIO DAS TREVAS

"Sede, pois, prudentes como as serpentes, mas simples como os pombos." Mateus 10:16

INICIADA A SEGUNDA PARTE DA NOITE, APÓS A LEItura e os comentários acerca de um trecho do *O Evangelho Segundo o Espiritismo*, um desencarnado, em grande agitação e confusão mental, passou a falar por intermédio de um dos médiuns da equipe:

– Ai!... Ai!... Ai!... Minha mente! O que é minha mente?... Não! Chega! Ninguém aguenta mais!... Onde estão os raciocínios razoáveis? O que será de mim, agora homem sem lembranças?

Como percebíamos a impossibilidade de diálogo

naquele momento, aguardamos em oração, confiantes em algum alívio para o seu desespero, o qual viria através do contato mediúnico, afinal, conforme nos esclarece Manoel Philomeno de Miranda, nesses instantes *o Espírito transfere ao médium pesada carga de fluidos deletérios que o dominam e infelicitam, enquanto se renovam por aqueles exteriorizados pelo sensitivo, beneficiando-se de imediato.* Já o médium elimina *essas energias enfermiças com facilidade, por meio da sudorese e outros mecanismos orgânicos (...).* Em razão disso, mesmo não sendo possível o diálogo com seus saudáveis esclarecimentos, *o visitante desencarnado já consegue assimilar significativa quota de energia saudável.*[35] E assim se deu... Por conta dessa energia benfazeja assimilada, o Espírito se fez menos agitado, dando-nos campo para buscarmos a conversação:

– Meu irmão, diga-nos, em que podemos ajudá-lo?

Mais calmo, conquanto perturbado, ele nos respondeu com novas perguntas:

– O que somos nós que lá estamos? Quem nos poderia dar a resposta ideal? Por que fazemos o que fazemos? – quase aos prantos.

– Faremos o possível para ajudá-lo na busca das respostas; antes, porém, precisamos saber exatamente o que fazem.

– Marchamos! Marchamos sem descanso, ininterruptamente!

– Marcham?... E são muitos?

– Muitos, muitos!

– E marcham por qual razão?

– Ainda não sabemos! – chorando. – Só marchamos... e marchamos... e marchamos... E, às vezes, caímos, não suportando mais. Alguns chegam a desmaiar, o que já aconteceu comigo! Desmaiei, mas, dali a pouco, já estava novamente a marchar! Ah, que vida miserável!

– E isso vem acontecendo há muito tempo?

– Sim!... Sim!... Ou não?... Não sei precisar, mas todo tormento é *infinito*!

– Entendemos que os momentos de dor muito nos pesam, fazendo-nos imaginar que o tempo foi congelado, mas tenha certeza, meu irmão, de que não há tormento que dure para sempre! Veja, hoje estamos aqui conversando! Devemos entender isso como algo positivo, como um bom sinal!

– Não sei! Não acredito mais ser possível escaparmos da força que nos oprime!

– Seria essa força algum comandante?

– Isso não é claro! Não é nítido! Ah, acho que

estou realmente louco! Pois, pensando agora, não vejo ninguém, só recebo a ordem! "À direita! À esquerda! Marchem!" Só ouço o comando!

– Entendemos.

– E o pior de tudo é que, mesmo não vendo esse possível comandante, as ordens recebidas se impõem sobre nós! Viramos a cabeça contra a nossa vontade! Viramos à direita contra a nossa vontade! Marchamos a passo rápido contra a nossa vontade!

Nisso, o Espírito retomou o choro, especulando dolorosamente:

– E se não formos homens reais?... E se formos autômatos?... Robôs sem vontade própria?...

– Robôs não se sentem oprimidos, não têm sentimentos, nem perdem momentaneamente a esperança – nem sabem o que é isso! Você é homem, é humano!

– Mas, então, o que é isso? Viro a cabeça contra minha vontade, marcho sem poder decidir sobre isso! A única coisa que fazemos de própria vontade é gritar! Gritamos, a cada momento um, como se esse grito de horror nos aliviasse um pouco!

– Seja o que for isso, meu irmão, vamos ampará-lo! E as respostas virão no tempo devido.

– E quem sou eu? Diga-me? Não sei nem quem sou! Não me lembro de nada antes do pelotão!

187

O Espírito apresentava um quadro de amnésia, situação mais comum do que imaginamos na vida *pós-morte*. Recorrendo, mais uma vez, a Manoel Philomeno de Miranda, vejamos o que ele nos fala a esse respeito:

> *Multidões deambulam nas esferas espirituais sem conhecimento de si mesmas, sem recordações dos afetos ou dos adversários, desmemoriadas, sofrendo superlativas aflições.*
>
> *Incontáveis, por outro lado, embora se apercebam da nova fase, não conseguem recordar-se de nomes, datas e antecedentes pessoais, exceto aqueles que foram mais expressivos (...).*
>
> E tudo isso por causa *das grosseiras fixações que são cultivadas nos campos das sensações perturbadoras, que sempre prosseguem além do corpo, em tormentosas necessidades que anulam outros tipos de vivências, mergulhando-as em esquecimentos afligentes.*
>
> Deste modo, o *cultivo de ideias superiores, o conhecimento a respeito da vida após túmulo, as ações de fraternidade e caridade cristã, os hábitos morigerados*[36] [irrepreensíveis] (...) muito contribuem para que o ser não acabe vítima de si mesmo, padecendo de amnésia espiritual.

Como certamente o retorno às lembranças soterradas não ocorre em passe de mágica, e, sim, solicita tratamento especializado, com tempo de resposta variável a cada caso, fazia-se interessante acalmarmos o desencarnado atendido naquele momento, convidando-o à esperança, à confiança no futuro para, então, encaminhá-lo aos nobres cuidados dos especialistas espirituais ali presentes. E assim o fizemos:

– Meu irmão, tenha certeza de que seu caso se resolverá em tempo apropriado, como falei há pouco. Tudo se esclarecerá. Mas, para que isso se faça da maneira adequada, é importante passar pelo tratamento junto a terapeutas abalizados. E este lugar onde estamos muito pode auxiliá-lo em relação a isso. Esse tratamento é fundamental!

– Eu aceito!

– Que bom, meu irmão! Fez a escolha certa!

– Estive aqui pensando enquanto o ouvia... Sabe, acho que isso tudo que passei é coisa só da minha cabeça! Que isso nunca aconteceu realmente! Acho que meu cérebro foi atacado por alguma moléstia, não é verdade? É coisa da minha mente adoecida nesses tempos...

Sabíamos não ser isso. Mas que direito tínhamos de revelar sua dolorosa verdade quando víamos não estar ele preparado para ela? Ele não estava sequer consciente de sua situação de desencarnado! Lembrando-nos, então, de uma orientação dada a André Luiz, quando o benfeitor lhe afirma haver Espíritos que se encontram preparados apenas para a consolação, não para a verdade[37], fomos por esse caminho – o do consolo:

– Pois quem sabe não seja isso, meu irmão? Pode ser, não é? Eu não tenho nenhum conhecimento a respeito das coisas do cérebro e da mente, então não posso afirmar nada... Mas também não posso negar!

O pobre desmemoriado se animou, agarrando-se a essa possibilidade:

– Então! Também acho que pode ser isso! Minha cabeça! Devem ser os negócios!... Mas que negócios? – perguntou a si mesmo, confuso e assustado.

– Agora, vamos ao tratamento, sem mais demora! – falei, animado, buscando mudar seu foco de atenção. – Não percamos tempo!

– Pois não! Pois não! Sigamos! Nada de marchar! Vamos ao tratamento! – exclamou, todo animado, e partiu.

Entendíamos que essas ações executadas sem seu controle, e das quais não conseguia se livrar, davam-se por hipnotismo administrado por criatura hábil e sombria, para fins que, naquele momento, não conhecíamos. Sabíamos, porém, que tal situação não se dava ao acaso, e sim por sintonia – o desmemoriado *permitia-se* a hipnotização por conta de seus graves delitos enquanto encarnado, os quais se expressavam por remorso inconsciente, *pedindo* alguma punição. É importante reforçar sempre a questão de sintonia para tal ocorrência, afinal, *só os lobos se prenderão nas armadilhas de lobos* (...)[38].

Nos três atendimentos seguintes, os Espíritos apresentaram o mesmo quadro: desmemoriados, perturbados mentalmente e obrigados a marchar. Suas falas variavam alguma coisa na lucidez e no acesso a alguma lembrança, mas se viam todos na mesma situação. Ficava clara a interferência positiva dos agentes espirituais da Casa junto àquele pelotão de alienados. Haviam sido resgatados, trazidos ao trabalho da noite e, alguns, conduzidos à comunicação mediúnica, embora, certamente, todos os demais tivessem se beneficiado com as vibrações do grupo.

Situação relativamente comum essa de resgatados serem trazidos aos trabalhos espirituais. Com os mesmos perfis de dor, geralmente chegam temerosos, certos de que seus chefes – algozes – viriam buscá-los. E isso comumente ocorre: depois de socorridos, surge o *reclamante*, revoltado, exigindo a imediata liberação de seus vassalos. Dessa vez, não foi diferente:

– Eu exijo meus homens! Vim buscá-los e não saio daqui sem eles! Quem vocês acham que são? Que atrevimento é esse? Será que fazem ideia de com quem foram mexer?

Em momentos assim, as ameaças e intimidações são comuns e seguem praticamente o mesmo roteiro. O melhor, então, é aguardar um tempinho, falando calmamente até o *reclamante* silenciar, o que não demora...

Outro ponto interessante a observar é que, na imensa maioria das vezes, o *reclamante* acusa unicamente os encarnados pelo resgate. Isso ocorre por duas razões: por conveniência, pois embora saibam alguns deles que são os benfeitores espirituais, por serem inalcançáveis pela superioridade natural, que realmente encabeçam esses resgates, só lhes restam os médiuns para serem ameaçados, afinal, são visíveis, estão encarnados, são *palpáveis*. Já a outra razão se dá realmente pela ignorância de alguns *reclamantes* em relação à ação dos benfeitores espirituais, pois esses, vibrando de modo mais elevado, são invisíveis aos agentes das sombras, ficando sob suas vistas apenas os encarnados, a quem então atribuem toda a ação.

De um modo ou de outro, nosso discurso também segue o mesmo roteiro – ao menos, nas falas iniciais. Argumentamos não passarmos nós, os médiuns, de humilíssimas ferramentas, sem poder de decisão ou interferência, simplesmente executando as determinações de amor vindas do Mestre Maior, as quais sempre visam o bem geral. Uns acreditam, outros não; contudo, por conta de nosso tom calmo e pacífico, aliado à vibração positiva do ambiente, o *reclamante* diminui sua zanga, tornando-se mais acessível ao diálogo, embora ainda exija seus subalternos. Como assim se deu em mais essa vez, fomos conversando:

– Mas nos diga, meu senhor, esses homens que aqui chegaram fazem parte de um pelotão? É isso?

– Sim! Formam o pelotão dos desesperados! – disse, satisfeito.

– Bem... Sabemos serem eles pobres homens que se deixaram arrastar a essas condições por invigilância, mas, diga-nos, se isso lhe for possível, qual a razão desse pelotão? A que ele se prestaria?

Envaidecido por deter tal informação, desejoso por passá-la para lhe atribuirmos alguma importância em relação à sua organização trevosa, disse, prazenteiro:

– Dentre os tipos de homens de que nosso chefe dispõe, foram convocados os loucos e desmemoriados para a formação de tal pelotão. Eles carregam grande desespero e, ao serem juntados, você pode imaginar o nível de desequilíbrio que podem gerar. E aí está a finalidade deles, serem conduzidos juntos aos locais onde estiverem os nossos inimigos, conforme determinar nosso chefe.

– Deixe-nos ver se entendemos: esse pelotão seria enviado para perto de alguém que seu chefe determinasse como alvo? Isso?

– Exatamente! E, ocorrendo isso, a tropa passa a acompanhar o inimigo por onde ele for! Casa, trabalho, lazer... Lá está o pelotão a atormentá-lo, a enlouquecê-lo. Esse poderá ser o seu castigo por tentar atrapalhar os planos de nosso grande comandante! Já pensou? Cinquenta soldados atormentados na sua cola? Isso é uma verdadeira bomba, só que ainda melhor, pois sua explosão não é momentânea, é permanente! – disse, rindo sombriamente.

– Pois bem! Entendemos agora a razão da existência da tropa. E agradecemos por seus esclarecimentos. Mas devemos informá-lo de que, por ordem superior, esses homens que formavam o pelotão não mais voltarão ao seu chefe, e sim permanecerão nesta Instituição a fim de iniciarem o processo de melhora de suas situações mentais.

– Não! Não se atrevam!

– Isso já está definido. Só estamos lhe passando a informação.

– Não! Não! Não!... Não posso voltar sem esses homens! Eu exijo suas presenças! Eles estão sob minha responsabilidade!

– Não podemos fazer mais nada nesse sentido. Isso já foi determinado.

– Eu não posso sair daqui sem eles!

– Sabemos disso. Sabemos que, se voltar sem eles, será duramente castigado por seu comandante. Castigos terríveis cairão sobre você! Dores e tormentos inimagináveis! Não é mesmo?

Ele ofegava em silêncio, surpreso com nosso conhecimento a respeito de sua situação, caso deixasse a Casa sem seus homens. Continuamos:

– Você não precisa passar por isso, meu irmão! Não precisa padecer dessa forma, ser humilhado. Não precisa, nem deve, voltar àquele a quem chama de chefe, ou comandante. Pode ficar aqui por alguns dias, evitando todo esse sofrimento. E pode aproveitar para descansar, dormir um pouco... O que não deve fazer há muito tempo, não é?

Como seu silêncio persistia, prosseguimos:

– Poderá também aproveitar esse tempo para rever sua própria vida. Pesar se realmente tem valido a penar ter a rotina que tem. Se vale a pena viver receoso de ser castigado pelo chefe cruel...

– Eu não sou covarde... – disse, em tom de desânimo.

– Não foi isso que dissemos. Somente o convidamos a refletir se vale a pena continuar servindo alguém que, além de não lhe valorizar, não hesitaria em puni-lo duramente, lançando-o fora depois, como se você fosse um ser descartável, desprezível, sem sentimentos nem história.

Ele pensou por uns segundos, respondendo ao final, em baixo volume:

– Estou cansado. Vou ficar. Mas só por uns dias. Depois, sigo meu caminho.

– Sem problemas! A decisão será sua ao final!

Terminava assim nosso diálogo com o *reclamante*. A partir dali, confiantes na Casa, em seus benfeitores e nos dias em que ali permaneceria, acreditávamos no início de sua nova caminhada, em sua mudança.

Satisfeitos, preparávamo-nos para a oração de encerramento, julgando estarem os serviços concluídos, quando um dos médiuns, ao ser perguntado de sua condição, afirmou estar sentindo uma dolorosa e estranha ligação junto a um Espírito. E dizia mais:

– É esquisito. Estou ligado a ele, mas ele não está aqui. Está muito longe e, mesmo assim, sua presença em mim se faz muito perturbadora. Sinto que ele é muito ruim e poderoso, e que estou longe de captá-lo como ocorre normalmente, pois ele é muito *profundo*... Também sinto nossos mentores, e isso me traz confiança... Vou adiante.

Em segundos, passávamos a ouvir o tal Espírito, o qual se dirigia a nós sem qualquer agitação, falando lentamente:

– Insetos. É como os vejo, é o que são. Seres desprezíveis que, por lerem algumas obras e terem alguma percepção extrassensorial, julgam-se conhecedores da verdade. Crianças que imaginam conhecer o mundo sem nunca terem saído da própria alcova, em um misto de petulância e ingenuidade.

Falava e inspirava longamente pelas narinas, antes de dizer novamente:

– Simplórios, vocês não têm nenhuma condição para acompanharem meu raciocínio, minhas explicações. Eu já era quem sou quando vocês ainda emitiam sons guturais no fundo da caverna, amedrontados por raios e trovões. Todavia, já que *aceitei o convite* para me ligar a esse ser miserável que muito mal me interpreta, transmitirei a vocês algumas informações atuais. Não responderei a nenhuma pergunta medíocre saída de seus cérebros toscos. Só eu falarei. Ouçam-me.

Os nossos servos já estão entre vós, e tudo caminha para os fins pelo qual temos trabalhado. O desequilíbrio humano, por nós estimulado, campeia em todas as direções. A sintonia que nos oferecem os homens é cada vez maior e mais ampla. Em pouco tempo, o nosso reino subirá definitivamente do submundo para o solo terrestre. Reinaremos, absolutos! Então, deixo a vocês meu conselho... – disse, sorrindo sarcasticamente. – Desistam e não serão destruídos. Parem hoje com essas reuniões estúpidas e não serão esmagados feito moscas inúteis e atrevidas.

Uma pausa em sua fala ocorreu, então falamos por nossa vez, mesmo contra sua vontade:

– Realmente, somos pequeninos, somos miseráveis. Criaturas pobres e devedoras à própria consciência, não tendo com o que contar senão com o amor do Pai e com Sua infinita misericórdia para nos conduzirmos. Temos esse entendimento, como também estamos cientes do desembarque de muitos Espíritos turbulentos neste mundo, sendo eles portadores de graves desvios, que receberam novamente um corpo físico para, por intermédio dele e, consequentemente, de seus comportamentos diante da vida que outra vez se inicia, decidirem se permanecerão na Terra em futuro próximo ou serão encaminhados a mundos primitivos, onde acabarão por se depurar por força das agruras daquele seu novo habitat. Já a respeito desse período encarnatório aqui na Terra, se eles optarem por reviver comportamentos nocivos e, com isso, influenciarem essa ou aquela criatura que lhes permita afinidade, ambos responderão por seus atos, cada um em seu devido percentual, na sua devida medida e justiça. Simples assim!

Nossa *Doutrina Consoladora* nos tem informado a esse respeito já há um bom tempo. O que aqui diverge é nosso ângulo de visão. Você quer enxergar que isso se deu pela sua vontade e de seus afins; a nossa visão já nos faz enxergar a misericórdia do Pai que, mais uma vez, permite e possibilita aos filhos retardatários a chance de se reorganizarem por meio de mais uma reencarnação. E, honestamente, temos certeza de que a nossa visão é a acertada. Dessa forma, tudo prossegue caminhando conforme os desígnios do Alto, com Jesus Cristo, o Irmão e Governante da Terra, seguindo infalível na sua condução, em estreita comunhão com o Pai Criador.

Você disse ter vindo nos transmitir algumas informações, contudo não nos trouxe novidades. Mas nós, talvez, tenhamos uma novidade para lhe contar. A comunidade franciscana, ativa no final do século XII, início do século XIII, formada por aqueles que conviveram e entenderam o pensamento de Francisco de Assis, está encarnando novamente para espalhar o amor incondicional a toda a humanidade, convidando-nos a todos à vivência desse amor! E tem mais! Após prepararem o caminho, o próprio *Cantor de Deus*, Francisco de Assis, virá ao corpo físico! O *Santinho de Assis* estará de novo entre nós, balançando o planeta com os acordes de sua elevadíssima presença![39] Gloriosos tempos nos aguardam! Tempos de Luz e Canto em favor da Fraternidade!

Falávamos, nesse momento, cheios de emoção e, quando demos por nós, já à beira das lágrimas, estávamos proferindo a maravilhosa oração:

– *Senhor, fazei-me instrumento de Vossa paz. Onde houver ódio, que eu leve o amor; onde houver ofensa, que eu leve o perdão; onde houver discórdia, que eu leve a união; onde houver dúvida, que eu leve a fé!*

Onde houver erro, que eu leve a verdade; onde houver desespero, que eu leve a esperança; onde houver tristeza, que eu leve a alegria; onde houver trevas, que eu leve a luz.

Ó Mestre, fazei que eu procure mais consolar que ser consolado; compreender que ser compreendido; amar que ser amado; pois é dando que se recebe! É perdoando que se é perdoado; e é morrendo que se vive para a vida eterna!

Ao final da prece, estávamos como que aneste-siados! Uma vibração de paz e alegria nos envolvia a todos, vibração que atribuímos, hoje, à misericórdia do Pai, porque, de nossa parte, não merecíamos tamanho *abraço vibratório*! Envolvidos nessa harmonia, ouvimos o Espírito – por ora ainda sombrio – emitir alguns sons de desconforto enquanto era desligado do médium.

Encerrada a noite, éramos todos bem-estar e emoção.

Na semana seguinte, ao final dos trabalhos, um dos diretores espirituais veio à comunicação. Informou-nos de que, havia muito tempo, trabalhavam pela oportunidade de trazer esse Espírito sombrio a algum diálogo, conscientes de que essa conversa deveria ser indireta, de forma a preservar o psiquismo do médium. De fato, ele sequer se aproximou do Centro Espírita, permanecendo no ambiente que julgava ser seu. Foi ligado ao médium levemente, mas de um modo pelo qual não pôde resistir. E o diálogo deveria ser curto, como realmente foi. Também nos disse o benfeitor não ter havido um convite para que ele se comunicasse – isso foi dito por conta de seu orgulho –, existindo, sim, uma determinação superior para essa ligação, mesmo contra sua vontade, pois o tempo de receber um novo *abraço* do Pai havia chegado!

Quanta às suas ameaças em relação a nós, aconselhou-nos o abnegado diretor a não temermos ninguém senão a nós próprios, razão pela qual deveríamos nos esforçar constantemente para sermos melhores, trabalharmos com afinco pelos caminhos da caridade, além de estarmos sempre vigilantes e em oração, pois dessa maneira não vivenciaremos nada além daquilo que já nos seja esperado de alguma forma. Encerrando, lembrou-nos de uma orientação do Cristo e, em seguida, recordou o ponto alto da nossa emoção, uma semana atrás, ao solicitar:

– No mais, *sede prudentes como as serpentes, mas mansos como os pombos*. E que o Mestre Maior nos abençoe sempre, para que um dia possamos nos tornar, definitivamente, instrumentos de Paz, como, há muito tempo, já é nosso Francisco, o *Poverello de Assis*!

Emocionamo-nos novamente. Como não se comover à lembrança desse grande trabalhador de Jesus? Como não se emocionar à ideia de que, daqui a algum tempo, ele estará novamente entre nós?

Que felicidade!

Ah! Gloriosos tempos nos aguardam!

E, enquanto sentíamos todas essas alegrias, a inesquecível frase se repetia em nossa mente:

"Senhor, fazei-me instrumento de Vossa paz!"

REFERÊNCIAS BIBLIOGRÁFICAS

1. ÂNGELIS, Joana De (Espírito); FRANCO, Divaldo P. **Triunfo Pessoal**. 2ª ed. p.96-101. Salvador: LEAL, 2002.

2. Disponível em http://www.paisefilhos.com.br/recem--nascido/saiba-como-sua-gravidez-influencia-a-persona-lidade-do-bebe/ Consultado em 01/11/2017.

3. MIRANDA, Hermínio. **Diálogo Com As Sombras**. 4ª ed., p.76, Brasília: FEB, 1985.

4. MIRANDA, Manoel Philomeno (Espírito); FRANCO, Divaldo P. **Nos Bastidores da Obsessão**. 12ª ed., p.159, Rio de Janeiro: FEB, 2008.

5. _____. p.121

6. LUIZ, André (Espírito): XAVIER, Francisco Cândido. **Nos Domínios da Mediunidade**. 10ª ed., p. 21-28, Rio de Janeiro: FEB, 1979.

7. LUIZ, André (Espírito); XAVIER, Francisco Cândido. **Nosso Lar**. 49ª ed., p.127, Rio de Janeiro: FEB, 1999.

8. MIRANDA, Hermínio C. **Diálogo com as Sombras**. 4ª ed., p.166-167, Rio de Janeiro: FEB, 1985.

9. MIRANDA, Manoel Philomeno (Espírito); FRANCO,

Divaldo P. **Amanhecer de uma Nova Era**. 2ª ed., p. 74, Salvador: LEAL, 2012.

10. PEREIRA, Ivone A. **Memórias de um Suicida**. 12ª ed., p. 205-233, Rio de Janeiro: FEB, 1985.

11. KARDEC, Allan. Tradução Salvador Gentile. **O Livro dos Médiuns**. 85ª ed., questão 252, Araras: IDE Editora, 2008.

12. MENEZES, Bezerra de (Espírito); PEREIRA, Ivone A. **Dramas da Obsessão**. 1ª ed., p. 19-22, Rio de Janeiro: FEB, 1964.

13. KARDEC, Allan. Tradução Salvador Gentile. **O Livro dos Espíritos**. 154ª ed., p.168, Araras: IDE Editora, 2004.

14. _____. p.167-168.

15. LUIZ, André (Espírito); XAVIER, Francisco C; VIEIRA, Waldo. **Evolução em Dois Mundos**. 13ª ed., p. 25, Rio de Janeiro: FEB, 1993.

16. EMMANUEL (Espírito); XAVIER, Francisco Cândido. **Roteiro**. p.31-32. Rio de Janeiro: FEB *in* **Estudo Sistematizado da Doutrina Espírita**, Federação Espírita Brasileira (org.), 2ª ed., p.128, Rio de Janeiro, FEB, 2008.

17. KARDEC, Allan. Tradução Salvador Gentile. **O Livro dos Espíritos**. 154ª ed., p. 144, Araras: IDE Editora, 2004.

18. _____. p. 326-327.

19. _____. p. 336.

20. LUIZ, André (Espírito); XAVIER, Francisco C; VIEIRA, Waldo. **Evolução em Dois Mundos**. 13ª ed., p. 30, Rio de Janeiro: FEB, 1993.

21. LUIZ, André (Espírito); XAVIER, Francisco Cândido. **Missionários da Luz**. 11ª ed., p. 29, Rio de Janeiro: FEB, 1978.

22. LUIZ, André (Espírito); XAVIER, Francisco Cândido. **No Mundo Maior**. 3ª ed., p. 146, Rio de Janeiro: FEB.

23. _____. p.148.

24. KARDEC, Allan. Tradução Salvador Gentile. **O Livro dos Médiuns**. 85ª ed., Araras: IDE Editora, 2008.

25. MATOS, Miguel (coord. & org.). **Migalhas de Eça de Queiroz**. 1ª ed., p.231, São Paulo: Migalhas, 2009.

26. KARDEC, Allan. Tradução Salvador Gentile. **O Livro dos Espíritos**. 154ª ed., p. 101-102, Araras: IDE Editora, 2004.

27. LUIZ, André (Espírito); XAVIER, Francisco Cândido. **Missionários da Luz**. 11ª ed., p. 128, Rio de Janeiro: FEB, 1978.

28. _____. p.133.

29. DENIS, Léon. **No Invisível**. 25ª ed., p.54, Rio de Janeiro: FEB, 2011.

30. JACOB (Espírito); XAVIER, Francisco Cândido. **Voltei**. 28ª ed., p. 17, Rio de Janeiro: FEB, 2008.

31. KARDEC, Allan. Tradução Salvador Gentile. **O Livro dos Espíritos**. 154ª ed., p.336, Araras: IDE Editora, 2004.

32. _____. p.146.

33. KARDEC, Allan. Tradução Salvador Gentile. **O Evangelho Segundo o Espiritismo**. 365ª ed., p. 99, Araras: IDE Editora, 2009.

34. KARDEC, Allan. Tradução Salvador Gentile. **O Livro dos Espíritos**. 154ª ed., p. 217, Araras: IDE Editora, 2004.

35. MIRANDA, Manoel Philomeno (Espírito); FRANCO, Divaldo P. **Amanhecer de uma Nova Era**. 2ª ed., p. 72, Salvador: LEAL, 2012.

36. MIRANDA, Manoel Philomeno (Espírito); FRANCO, Divaldo P. **Mediunidade: Desafios e Bênçãos**. 1ª ed., p. 31-32, Salvador: LEAL, 2012.

37. LUIZ, André (Espírito); XAVIER, Francisco Cândido. **Missionários da Luz**. 11ª ed., p. 146, Rio de Janeiro: FEB, 1978.

38. KARDEC, Allan. Tradução Salvador Gentile. **O Evangelho Segundo o Espiritismo**. 365ª ed., p. 194, Araras: IDE Editora, 2009.

39. MIRANDA, Manoel Philomeno (Espírito); FRANCO, Divaldo P. **Perturbações Espirituais**. 1ª ed., p. 15-16, Salvador: LEAL, 2016.

IDE | Livro com propósito

No ano de 1963, Francisco Cândido Xavier ofereceu a um grupo de voluntários o entusiasmo e a tarefa de fundarem um periódico para divulgação do Espiritismo. Nascia, então, o Instituto de Difusão Espírita - IDE, cujo nome e sigla foram também sugeridos por ele.

Assim, com a ajuda de muitas pessoas e da espiritualidade, o Instituto de Difusão Espírita se tornou uma entidade de utilidade pública, assistencial e sem fins lucrativos, fiel à sua finalidade de divulgar a Doutrina Espírita, por meio de livros, estudo e auxílio (material e espiritual).

Tendo como foco principal as obras básicas de Allan Kardec, a preços populares, a IDE Editora possui cerca de 300 títulos, muitos psicografados por Chico Xavier, chegando a todo o Brasil e em várias partes do mundo.

Agora, na era digital, a IDE Editora foi a pioneira em disponibilizar, para download, as obras da Codificação, em português e espanhol, gratuitamente em seu site: ideeditora.com.br.

Além da editora, o Instituto de Difusão Espírita também se desenvolveu em outras frentes de trabalho, tanto voltadas à assistência e promoção social, como o acolhimento de pessoas em situação de rua (albergue), alimentação às famílias em momento de vulnerabilidade social, quanto aos trabalhos de evangelização infantil, mocidade espírita, artes, cursos doutrinários e assistência espiritual (passes).

Ao adquirir um livro da IDE Editora, você estará colaborando com a divulgação do Espiritismo e com os trabalhos assistenciais do Instituto.

Este e outros livros da *IDE Editora* ajudam na manutenção do baixíssimo preço das *Obras Básicas de Allan Kardec*, mais notadamente *"O Evangelho Segundo o Espiritismo"*, **edição econômica.**

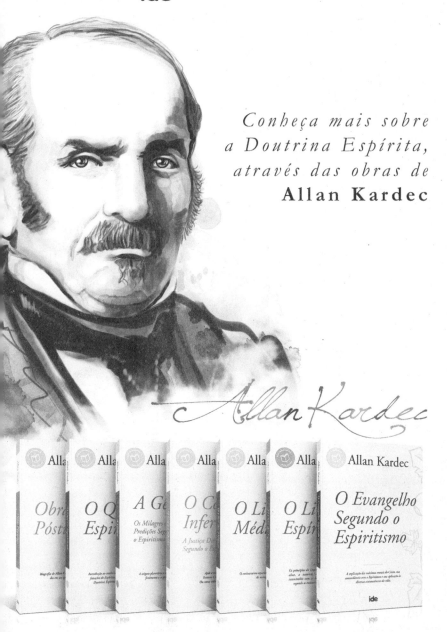

Pratique o "Evangelho no Lar"

livros com propósito

INSTITUTO
DE DIFUSÃO
ESPÍRITA

🌐 ideeditora.com.br
📷 ideeditora
f ide.editora
🐦 ideeditora

Ide editora é nome fantasia do Instituto de Difusão Espírita, entidade sem fins lucrativos.

Se você acredita no conhecimento que os livros inspiram, na caridade e na importância dos ensinamentos espíritas, ajude-nos a continuar esse trabalho de divulgação e torne-se um sócio-contribuinte. Qualquer quantia é de grande valor. Faça parte desse propósito! Fale conosco ⓒ (19) 9.9791.8779.